岁月缝花

楼利香 著

团结出版社
UNITY PRESS

© 团结出版社，2024 年

图书在版编目（ＣＩＰ）数据

岁月缝花 / 楼利香著 . 一北京：团结出版社，
2024. 10. 一ISBN 978-7-5234-1325-8

Ⅰ . I267

中国国家版本馆 CIP 数据核字第 2024Q0Z421 号

责任编辑：周　颐
封面设计：书香力扬

出　版：团结出版社
　　　　（北京市东城区东皇城根南街 84 号 邮编：100006）
电　话：（010）65228880　65244790
网　址：http://www.tjpress.com
E-mail：zb65244790@vip.163.com
经　销：全国新华书店
印　装：四川科德彩色数码科技有限公司

开　本：145mm×210mm　32 开
印　张：8.375　　　　　字　数：173 千字
版　次：2024 年 10 月 第 1 版　印　次：2025 年 1 月 第 1 次印刷

书　号：978-7-5234-1325-8
定　价：55.00 元
　　　　（版权所属，盗版必究）

序言

花香、旅途与岁月的馈赠

郭　梅

　　30 多年笔耕不辍，以文字书写人生。近日，继散文集《幸福路上》出版之后，浦江县实验中学楼利香老师的散文新著《岁月缝花》又如期而至。《岁月缝花》延续了她情感细腻丰满、语言细腻朴素的创作特色，以婉转平实的情感、丰富动人的生活氛围和真挚明丽的文风呈现出她人生历程中的点点滴滴，展现了作者通透的生活态度和人生选择。

　　作品题名"岁月缝花"，"岁月"显然是一个范围宽泛又包含沧桑之感的词语，楼利香眼中的"岁月"或许是有关于自己人生旅途中各式各样的风景，它们带给人截然不同的情感，"岁月"二字的质感也正是从这些情感中来。同时，作为一本散文集，能够被选录其中的文章一定经过作者本人的精挑细选，楼利香试图从自己的人生画卷上挑选出各色芬芳的花朵，并将它们串联起来捧到读者面前。人生走走停停，缝缝补补，但只要用心体悟，总能感受到花香。画家莫奈有一幅油画作品名叫《维特伊的艺术家花园》，画家以自己家的花园为参照，描绘了一个阳光明媚的午后。油画主要以自然景致为主，当斑驳的阳光洒在种植着向日葵和其他花草的花园，光影交错营造出宁静平和的氛围，呈现出和煦的夏日之美，再加上有两个人物作为点缀，画作更给人一种身临其境之感。巧的是，《岁月缝花》的阅读体验仿佛是另一种意义上对《维特伊的艺术家花园》的欣赏——文字便是楼利香的画笔，她的文风、情感等都是这本散文集出彩的因素。

真挚明丽的文风、朴实动人的语言，是《岁月缝花》最重要的底色。这本散文集共七章，"杏坛拾录"是对多年教学工作中难忘之事的回顾，"且念亲恩""静思流年""万物入心"是对家乡过往和平实生活的回忆，"且行且走"写了或长或短的旅途故事，"岁月芳华"和"人间知味"则是对生活中一些琐事和美食的记录。楼利香对这些经历的书写缩短了她与读者之间的距离，平实的语言蕴含着奇特的魔力，让人心生欢喜。从她的文字中，我们能感受到她对生活从始至终的热爱，纵使琐碎的小事让人心生烦恼，但她的文字告诉读者，生活的天平有时仍然要向自己倾斜，有了会发现的眼睛，笔下的事物才能充满吸引力。在《葡萄美酒水晶杯》一文中，美味香甜的浦江葡萄、善良质朴的种植基地农户、作者对师范大学求学过往的回忆与怀念和对浦江人与浦江文化的自豪都顺着"买葡萄与吃葡萄"这一线索逐渐铺展开来，尤其是在描写葡萄种植基地的农户时，皮肤黝黑、笑容灿烂、采摘细致的中年妇女形象只用寥寥几笔就被勾勒出来。在此意义上，楼利香的文风和语言赋予了作品真实可感的质地，毕竟，生活的况味正是由作者的真实经历钩织而成的。

平实的生活哲学、超然的生活态度，是《岁月缝花》最大的亮点。作为一部高质量的散文集，它饱含着作者对人生、事物和时代的感悟，随着人年龄的不断增长，感悟拥有了岁月的沉淀，作品也更能保持其活力。在《好邻居》一文中，我们只看题目就不难猜出内容的具体指向——"远亲不如近邻"是一句许多人都耳熟能详的俗语，而它真正的魅力或必要性在这篇散文中得以细细呈现——作者与她熟识的邻居，邻里之间互相传授买菜的经验、经常举办邻居节、三五成群去锻炼……这些日常生活的片段，看似只是对"日常"的回应，但我们不要忘记穿插在文章中随处可见的年份——"30多年"，如若缺乏岁月的积淀，作者或许不能那样深刻地感受到邻里的重要性，《好邻居》的内核也很难被你我看到和感受到。在《温暖的路灯》一文中，我们更能看到的是作者在享受温暖和便利后希望将美好传递给更多人的期许，故事似乎很简单，但在层层递进中读者能体悟到无限温暖，一切的开端是"先生是个电子爱好者"，随着太阳能路灯安装完毕，周围越来越多的人注意到这个现象，也如楼利香所言："无意间地帮助别人，却能如此地快乐自己，感觉还真是不错。"随着阅读一步步深入，读者愈发感受到楼利香沉淀过后的人格魅力，时光能磨平人的棱角，也能让自身本就具有的特质更加动人，她以坚韧、淡然又热情的生活态度，思索着独属自己的生活哲学。

润物细无声的教育意义，是《岁月缝花》魅力长存的原因，更是老师给所有学生的人生赠礼。散文集《幸福路上》出版时，楼利香说："为了年少时的梦，为了恩师的教诲，为了驰骋了25年的三尺讲坛，也为了我的学生们渴求的眼睛，更为了给我的学生们做一个好的榜样，我决定出本书，记录生活中的点点滴滴，在微小的事物中感悟生活。"这样的愿景在《岁月缝花》中依旧延续。作为一名老教师，她认为要想提高学生们的写作水平，除了引导他们增加阅读量，最为行之有效的方法就是教师与学生共同创作。她是这样想的，也是这样做的。她在创作中自我发现，也通过创作引导学生。有这样一位热爱阅读与写作的教师作为榜样，学生自然会潜移默化受到她的影响。《学会等待》从楼利香自己的经历写起，她的品质、父亲的品质蕴含在朴实的文字中，最后又自然而然地点到处于学习压力下的孩子们，要知道，"学会等待，等待也许是煎熬的，但更是考验和期待"。又如，《心中有梦不认命》讲到楼利香认识的一位朋友——金总，一路坚持、不自怜不自欺，楼利香借由金总的优秀品格，告诉学生也要像金总那样坚韧不拔。

阅读《岁月缝花》，好似观赏莫奈的油画，也好似聆听莎拉·布莱曼的歌声。你曾回顾自己的人生旅途吗？那里有阳光，有花香，点点滴滴皆是岁月的馈赠。教师楼利香、作家楼利香，是一个步履不停的人，她的散文让我们更加眷恋如此真实琐碎且饱含点滴真理的生活，眷恋身边的人和事。

（郭梅，杭州师范大学教授，学者、作家，浙江省作协全委会委员）

目录

CONTENTS

第一章

杏坛拾录

做一个笔耕不辍的园丁，在杏坛中采摘

着属于自己的快乐和感动。

给学生们放了场电影

我坚信，很多年后，我的学生们也许早就忘了"之乎者也"，早就忘了那一堂堂生僻的语文课，但他们会永远记住，有这么个楼老师在中考之前居然会给他们放电影！

考试前答应过学生们，如果这次联考考出好成绩的话，即使时间再珍贵，我也要奖励他们看一场电影。

我本来认为我教的两个班不可能考出像样的成绩来，但或许是看电影的诱惑起作用了，大家竟然给了我一个惊喜，两个班成绩居然大幅度提高了，13班的 AB 率居然是全校第二名，均量值也在前三名。我权衡后，还是信守承诺，星期二中午辅导课的时候，给学生们放电影。

至于放什么电影，我心里早就有数了。就给他们看《那些年，我们一起追的女孩》吧。前几天我已经先睹为快了，的确拍得不错。更难得的是内容也非常契合九年级的学生，题材健康而真实，而且里面的台词都很幽默，很符合现在中学生的口味。

不过，我这次多了个心眼，不到最后时刻不告诉他们放什么电影。一方面留着点悬念，学生们会更有新鲜感，更满怀期待。另一方面，众口难调，很难让每个学生都满意，不如我"一意孤行"算了。

我不得不承认，当今的中学生课业负担实在是太重了。每天死气沉沉地生活，本该朝气蓬勃的学生一个个俨然都成了小老头、小老太了。我有时候会给他们讲个笑话、讲个故事，希望他们能奢侈地笑几声。确实，实在浪费不起这屈指可数的时间。我有时自己都怀疑，这么多题目做下去，这么多知识装进脑子里以后到底会用到多少呢？中学时绞尽脑汁学的安培定则、压力、压强、电学等到现在几乎一点用都没有。记那些化学元素、化学方程式，不知道耗费了我多少脑细胞。英语，当时是我的强项，现在也只记得几句简单的句子或者寥寥几个单词。事实上都没多少用处，最后想来想去，唯一的解释是：这么辛苦地学，无非是想寻找一块求学的敲门砖而已。这点倒跟现在是相同的。只是，现在所有的一切有过之而无不及，教室里放眼望去都是四只眼。学生们永远是一副睡不醒的样子，都弓着背，垂着头。这些学生按理说正是八九点钟的太阳啊，他们可是最生机勃勃、热情似火的呀。

开始放电影了。正是下课时间，全班同学居然没有一个离开教室的。我看到了一个个渴求的、期盼的眼神。看吧，至少此刻，你们可以暂时把作业抛在脑后。

随着男女主角的一次又一次的调侃，教室里不时传出笑声。知趣的同学，早已把门和窗户关得严严的，只为了不影响隔壁教室的学生。此时此刻，我会心地笑了，也不去干涉他们，就让他们放肆地笑吧。

而且，我还暗自决定，如果下次考得好，我再奖励他们。我坚信，很多年后，我的学生们也许早就忘了"之乎者也"，早就忘了那一堂堂生僻的语文课，但他们会永远记住，有这么个楼老师在中考之前居然会给他们放电影！

温暖的 "微信脚步"

因为有了微信脚步，少乘电梯，多走楼梯；少开车，多走路；少"葛优躺"，多到户外做运动。

"张老师，好吗？身体好吗？连续几天微信步数那么少，有几天甚至是 0 步，这几天也只有几十步，我挺担心您的。"

我终于熬不住，给我的恩师张老师发了条微信。我拿着手机傻傻地等了半个小时，老师还是没有回复我。一种不祥预感突然袭上心头。前几年，知道老师身体不大好，得终身吃药控制，我就每天都会关注老师的微信步数。老师每天也会给我微信步数点赞，即使有几天我只走几百步。这几天连点赞也销声匿迹了。我只得问老师以前的朋友，因为张老师退休很多年了，他们联系也很少，只是听说可能生病了，但不能确定。因为实在太迟，该朋友答应我明天再帮我问问。

一晚上，我辗转反侧，迷迷糊糊睡去，竟断断续续做着学生时代张老师批评我的梦。

醒来，打开手机，居然看到张老师回复我了。"丽先，我在浙一医院住院，胆结石手术，打了四个洞，把胆囊切了，身体状况还可以。今天可以出院了，请放心，谢谢关心！"我盯着手机半天，一阵恍惚。万幸，只是个小手术。开始回复："悬着的心终于放下了，去年我爸也把整个胆囊切了，现在恢复得挺好。不过，以后要吃清淡点。请一定注意身体，退休后，我们要让国家多养几年。"我还顺手加进去几个表情。张老师秒回："哈哈！好的，你也要多注意身体。"我不禁笑出声，隔着屏幕，我好像也能够看到张老师上扬的嘴角。

微信脚步，温暖了你和我。

微信上有个"微信运动"功能，以前我很少去关注。

一次，跟一个朋友聊起，她说，从微信脚步中可以猜测出一些可能。比如，一位朋友连续几天微信步数不超过一百步，这位朋友可能整天躺在床上，说不定生病住院了，也有可能遇到了一些不开心的事情，但不喜欢运动的人除外。我试了几次，还真八九不离十。去年下半年，我家先生因为腰椎间盘突出，将近几个月下不了地，大多时间躺床上。我打开他的微信脚步，先生居然把它设置成了"0"。他也说，前几天老有人打电话关心我，是不是身体不好躺床上了。先生在林业局工作，本来基本得在户外爬山转林场，平时的步数基本要达到一两万，没办法，后来他索性设置成"0"。先生彻底恢复后，也重新设置了步数，每天的一两万的微信脚步，似乎无声地向关心的朋友声明，"鄙人现在健康着呢"。

这次，张老师也是，好温暖的"微信脚步"。

我一直很纳闷，偶尔有几天我的微信步数不到一千步，但总有几个朋友锲而不舍地给我点赞。每次我都还挺感动的。有些朋友的朋友圈人数上千人，每次不辞辛劳，拉到最后给我点个赞，真是惦记着我啊！后来我才知道，原来大家是可以互相关注的。于是，我也专门把关注的名单理出来，当然首先是一如既往天天给我点赞的人，然后就是我最牵挂的亲人朋友。临睡前，我也会顺便点个赞报平安。偶尔看到几个朋友某天步数不多，就暗自祈祷，今天他肯定宅家了，不是身体有恙。第二天必打开他的微信步数，如果正常，才放下心来。因为有了微信脚步，少乘电梯，多走楼梯；少开车，多走路；少"葛优躺"，多到户外做运动。

我不是运动达人，记忆中我的微信脚步很少过两万步。我只愿在以后越来越走向衰老的岁月中依然能健步如飞，走向户外，每天有变化的步数，每天有给我点赞的朋友。

那一袋包子

爱的付出终会有收获，我们播撒下爱的种子，总有一天会看
到一片茂密的森林。

"叮当……叮当……"清脆的门铃响了，会是谁呢？星期天
的早上可是很少有客人来访的呀。

我狐疑地打开门。"楼老师，还记得我吗？你猜猜我是谁？"
我脑子里立即像放电影一样回放一届又一届毕业的学生。"老
师，我是张云标呀，那时坐在第一排，个子小小的。"哦！想起
来了。"长这么高了，快请进。"我忙招呼他坐下。"老师，早饭
吃了吗？这是刚买的包子，还冒着热气呢。昨天我刚领了我人生
中的第一笔工资，我读书的时候曾发誓，只要我第一次赚到钱，
我一定要给老师买一袋包子。我昨天可是问了很多同学才查到老
师家的地址的。""那为什么是包子呢？一般学生可都送花的
呀。"我开玩笑道。"老师，您大概已经忘了，但我却永远记得那
一天，你到食堂里专门给我和我的奶奶买了一袋包子。你要知
道，那时我真的是哭着吃下去的。""你先看会儿电视，老师去给
你泡杯茶。"我走进厨房。

是的，我又怎会忘记这一届学生呢？也许长久的分离，让心

中的那份感动、那份牵挂暂时沉睡。时光飞速而逝，每天在忙忙碌碌中尘封了许多往事，许多美好的记忆一直在心中冬眠。但是一旦记忆的帷幕被揭开，往事的碎片还是撒了一地，熠熠地闪着光。

　　三十多年前，我从师范大学毕业，被分配到西部山区的一所中学。初为人师的我，无牵无挂，一门心思都扑在教育事业上。我任两个班的语文老师和一个班的班主任。开学一个星期了，一个名叫张云标的同学迟迟没来报到。听班里同学讲，他上不了学了。他父亲是个精神病人，母亲早就离家出走了，就靠年迈的奶奶缝点童被赚点钱维持生活。不管怎样，我在排座位的时候还是空着一个位置。到了周末，我走了十来里的羊肠山道，来到了张云标家。这是怎样的一个贫穷的家啊！真的是家徒四壁，一张平板桌，几条木方凳，桌子上吃剩的饭菜还没收拾，一碗咸菜，一碗几乎看不到油腥的青菜。最显眼的是正屋里支撑着缝被的支架，老奶奶正戴着老花镜吃力地穿着针。我忙走过去，拿过老奶奶的针和线。这时，同村的同学找来了张云标，跟同龄人相比，他的个子小了很多，脸色也蜡黄，明显是缺少营养。我摸着张云标的头，诚恳地对奶奶说："奶奶，星期一让孩子来读书吧，学费先欠着吧，没事，我会跟学校说的，我在学校等你们。"那天，我不知道自己是如何离开的，只知道回到家里后，我让母亲找了很多我两个弟弟的衣服，星期一时我将这些衣服带到了学校。

　　星期一的早上，我到学校大概六点钟，祖孙俩已在我寝室门口等我了。我忙让他们进去，他们可是走了十几里的山路啊！我又忙跑到食堂，买来了一大袋包子。张云标实在是饿坏了，一口气吃了四个包子。我先让张云标去了教室，他奶奶翻来覆去地说："老师，这孩子可怜啊！拜托你照顾他了。"我也只能反复地说："奶奶，您放心，我会的。"临走时，我让奶奶带走了吃剩的包子和那一袋衣服。

张云标非常内向，不合群。我担心班里的同学看不起他，想方设法找到他的闪光点，表扬他，鼓励他。每个星期我都会写一篇周记给他，尽量地跟他沟通。我还让班里同学多找他玩，慢慢地我发现他有了笑容，甚至偶尔上课会举手。更让我激动的是，有一天我的窗台上居然放着一束山栀花，花下压着一张纸条："老师，送给你，这花很香的。"真高兴啊！张云标居然会送花给我。

初中三年，我给他申请了希望工程资助，学校也免掉了他的学费。我们很少提及他的父亲，只听别人说起他的父亲时好时坏，他唯一认得的就是他的儿子，有一次周末，我居然看见他在校门口接儿子，眼睛是空洞的，但见到我居然会露出灿烂的笑。

张云标顺顺利利地读完了初中，他们毕业那一年，我也调出了山区。只是断断续续听其他学生说起，他上了一所技校，后来也就杳无音信了。

"老师，我先走了，有空我再来看您。"

"你等等！"我才回过神来，赶忙拿着泡好的茶走出厨房。

"老师，我还得去干活，我现在在帮别人磨水晶珠子，以后我也想开个水晶加工厂。对了，我爸爸现在好多了，他有时候还会念叨你呢。老师，快趁热吃吧，我走了。"他接过茶杯喝了几口，走到了门外。

我打开那袋包子，拿起一个咬了一口，只觉得眼睛里、嘴里、心里都热热的。爱的付出终会有收获，我们播撒下爱的种子，总有一天会看到一片茂密的森林。

当老师可以如此美好

原来，宽容、理解、尊重，给我打开了一片别样的天地。那里，繁花似锦；那里，春风和煦；那里，永远温暖如春。原来当老师可以如此美好。

从 1992 年参加工作，不知不觉间已经站了三十多年的讲台，其间也尝尽了喜怒哀乐，但我依然可以自豪地说，当老师依然是美好的。

今天跟往常一样，教室里鸦雀无声，学生们都很专心地听着课，我也讲得非常投入。忽然，我发现班长小杨的桌子上摊着一本厚厚的书，边上放着一张草稿纸。这与我上课的内容不一致啊。但我还是留了个心眼，不敢贸然点名。现在的学生不像我们小时候了，自尊心非常强。于是我走下去，他不躲也不藏。我发现摊着的是本英语书，放着的草稿纸上正横七竖八地躺着些英语单词。大概英语老师下节课要听写英语单词，他在临阵磨枪。我努力压住内心的怒火，平静地说了一声："先收起来再说。"其实，如果在前几年，我肯定会大发雷霆。但我也不甘心这么不了了之，这可是教育的好时机啊。如果我这样认输了，就要被其他同学笑话，甚至还会被模仿。

我从容地走上讲台，放下了手中的讲义。此时，教室里的空气突然凝固了，同学们目不转睛地盯着我，我知道他们在看我如何处理这个突发事件。我很清楚，我是个语文老师，我有着出众的口才，有着渊博的知识，更有着煽情的功夫。这时候我一定要让全班同学的舆论偏向我这一边。我清了清嗓子，然后努力让自己的脸色凝重起来。

　　"同学们。"我顿了一下，开始说下去，"首先请让我对我们班的杨同学表达一下敬意。我实在是太佩服他的胆量了。他可以光明正大地边看英语书，边听我的语文课。小杨是个天才，我以前只佩服过两个天才，一个是爱迪生，另一个是爱因斯坦。他们都在科学领域做出了巨大的贡献。现在杨同学是我佩服的第三个天才，事实上天才本来就与众不同。爱迪生不是曾经用自己的屁股去孵鸡蛋吗？爱因斯坦不也制造出世界上最丑陋的板凳吗？今天杨同学也做出了惊世之举，其他同学可不要简单地模仿啊。如果你像他那样聪明，那样优秀，就可以理直气壮地模仿他。但是，我此刻真的伤心了，我被杨班长无言地伤害了。这可是我的语文课啊！是我的课上得不好吗？还是我的课不重要？我宁愿不去解释，但不管怎样我还是决定自我检讨。想起我的学生时代，因为想当然地认为某些课不重要，就偷偷地看小说，但借我十个胆我也不敢明目张胆地看呀。"我沉默了一下，继续说："记得当时桌板有条缝隙，我把小说放在抽屉里，趁老师去写字的时候，偷偷挪几行，或者翻到下一页。其实现在回忆起来，老师是知道这些事的，他们是睁一只眼闭一只眼罢了，或许不想让我难堪罢了。"

　　我停了一会儿，环顾了四周，教室里依旧鸦雀无声，也许我的凝重和缓缓语气感染了他们。杨同学明显地局促不安起来，桌子上摊着的早就换成了语文书。我决定不再说下去了，下课后就单独找他谈谈吧，因为从其他同学亮晶晶的眼睛里，我知道我的这番话收到了效果。果然后面的课上得非常顺利。也许很多时候是"塞翁失马，焉知非福"。

下课后我又找了杨同学推心置腹地谈了。真的我当时的语气非常诚恳，他毕竟是班里最优秀的学生之一。杨同学的态度也非常的好，他很认真地承认了错误，并且保证争取把语文学好。我抬头一看，太阳光正好照在我俩的脸上，此刻我们都灿烂地笑了。

我知道这只是课堂上的一次偶发事件，却给了我莫大的启示。原来，宽容、理解、尊重，给我打开了一片别样的天地。那里，繁花似锦；那里，春风和煦；那里，永远温暖如春。原来当老师可以如此美好。

长大后，我成了你

当我在中文和英语专业中做选择时，我毫不犹豫地选择了中文专业。这也许是冥冥之中受张老师的影响吧！

农历的正月初二是我的生日，由于重感冒了，我一直躺在床上。丈夫是不懂浪漫之人，他甚至非常吝惜那句"生日快乐"。我就这样迷迷糊糊地躺在床上，醒了又睡，睡了又醒。突然，我被一声手机的短信铃声惊醒，我打开一看，竟然是我的小学老师张老师发来的。短信的内容是这样的："丽先，新年好！今天是你50岁的生日，我真诚地祝你生日快乐，阖家幸福！同时对你的一片尊师之情表示深深的谢意。"

张老师？张老师怎么会记得我的生日？太难以置信了！

在我十几年的求学生涯中，张老师一直是我最难忘的恩师。

小学四五年级，张老师是我们的班主任和语文老师。那时他刚毕业分配在我们学校，吃住都在学校里。我们最盼望着上语文课，他会给我们讲一个个生动的故事，还会让我们演课文中的一个个人物，他甚至也会加入我们，跟我们一起演。让我印象最深刻的一次是，他给我们上《十里长街送总理》，他在读课文的时候居然哽咽着哭了。是的，他把自己所有的感情都投入到上课中，与书中的人物一起感受喜怒哀乐。长大后，我也成了语文老师，我也尽量把课上得声情并茂，这都是受张老师的影响。

20世纪80年代初的农村生活大都不好，那时我们吃菜基本上以咸菜、菜干为主。快小学毕业的时候，由于我缺少维生素，嘴唇边上生了很多热疮，嘴唇肿得老高。有一天，张老师把我叫到教室外，递给我一盒药和一支药膏，叫我按时吃按时擦。我用袖子擦了擦眼角的泪水，接过老师递过来的药。

我暗自下决心，一定要发奋学习，等以后有出息了再来报答张老师。

说也奇怪，上初中后，我一直害怕回母校看望张老师，也许是太崇敬他了。记得有一次，我和弟弟远远地看见他迎面向我们走来，我二话没说，闪电般地回转身抄另外一条路避开了他。回家后，弟弟告诉我："姐，张老师好像挺伤心的。他又不是老虎，又不会吃了你，干吗要避开呀？他其实很想知道你上初中后的情况。"那晚，我躲在被窝里整整哭了一个晚上。

我至今也无法解释我当时为什么会那样，只是十多年后，当我也为人师后，我非常自责，我当时是那么无言地伤害了张老师的心。但不管怎样，我一直有一个念头，我一定要出人头地，考上重点高中，考上名牌大学，这样我才有脸面站在张老师面前。现在想来，我那时真是太天真，太孩子气了。

事实上，后来一切都事与愿违了，我并没有考上名牌大学，而只考上了一所普通的师范大学。当我在中文和英语专业做选择时，我毫不犹豫地选择了中文专业。这也许是冥冥之中受张老师的影响吧！

大学毕业后，我成了一名中学语文教师。张老师也已经是一所中学的校长。有一天，我鼓起勇气给张老师写了一封长长的信。我告诉张老师，他是我永远的恩师，并且向他倾诉了这十多年的思念和崇敬，但我还暗暗担心，张老师已记不得我了。想不到没多久，我就收到了他的热情洋溢的信。他甚至告诉我，他还一直珍藏着我小时候写的作文，有空的时候，他会经常拿出来读读。每当看到我在报纸上发表的文章，他都会高兴地对人说，这是他的学生。他一再勉励我，要多练笔，因我从小就很有写作天赋。他更相信我一定会"青出于蓝而胜于蓝"。

恩师的教诲我一直铭记在心。"长大后我就成了你"，我认认真真地教着书，真心诚意地爱着学生，我们都收获了桃李满天下的幸福。

无邮票的贺卡

　　我久久地抚摸着这些卡片，心想，或许唯有老师才能收到这种特殊的无邮票的贺卡，也唯有老师才能收获这份沉甸甸的感情。

　　在雪花飘飞的季节，一声声祝福、一句句问候给严冬抹上了一道温暖的风景。每到这个时候，我也总能收到一叠贺卡。这些贺卡大都没有通过邮局递送，是些无邮票的贺卡。打开装满了各式各样贺卡的抽屉，我的那些学生们的音容笑貌又在我脑子里闪现出来。

　　第一次收到无邮票的贺卡，是在 1992 年，是在浦阳镇中实习的时候。初为人师（其实还不是真正意义上的老师），我把全部的爱都倾注在学生身上，去体会一生中第一次当老师的新鲜感。学生们大都怕极了那些真正教他们的老师，偶尔遇到了实习老师跟他们那么亲密无间，欢喜得不得了。一次，班里的王彦同学得阑尾炎住院了，我代表他们的班主任去看望。我们制作了一张大大的贺卡，签上全班同学的名字，送上全班同学的祝福。王彦同学的那份感动简直无法形容。想不到实习结束的时候，他们也送给我一张大大的心形贺卡，里面贴满了全班同学的照片，横七竖八写满了他们稚嫩的祝福。班长递给我贺卡时，带着哭声对我说："楼老师，你可不要忘了我们呀！这就是我们全班同学的50颗心啊！"我郑重接过，眼泪情不自禁地涌出了眼眶。多么珍贵的一张别具一格的无邮票的贺卡啊！多么珍贵的一份独一无二的礼物啊！

那一叠最新的，是学生们1997年临近暑假时送的。去年，我送走了这批从初一教到初三的学生。临分别时，朝夕相处了三年的学生们哭成一团。我在讲台上也强忍着离别的泪水。后来，不知谁提议，叫我签名赠言以作留念。当我写完给他们最后一次告诫时，他们也争先恐后地送上了早已准备好的贺卡。贺卡大多是自制的，笨拙得可爱。此时此刻，我捧在手里的，分明是那份沉甸甸的尊师之情。选择当一名教师，我将无怨无悔。

还有一叠是生日贺卡，最里面的最厚的那叠是每年的新年贺卡。每张贺卡都是一个动人的故事。我久久地抚摸着这些卡片，心想，或许唯有老师才能收到这种特殊的无邮票的贺卡，也唯有老师才能收获这份沉甸甸的感情。

岁月缝花

第二章

且念亲恩

多年后，云淡风轻，当所有的繁华
散去后，不散的依旧是亲情。

父亲的萝卜

原来食物是有疗愈功能的，所有破损的伤口都会在食物的贴心调理下，不知不觉地愈合。

老父亲拿来了一大袋萝卜和青菜。想着不能辜负父亲在田里劳作的辛劳，我不忍心让这些菜黄干掉，从下午到现在，一直在厨房里忙碌。

三个大萝卜，拿在手里沉甸甸的，里面也肯定是水灵灵的。先挑起相对小点的那个，用刨刀刨成丝，撒入白糖，控出水分。再去超市买了块三层肉，油剔出来，熬成油渣，切碎，这样更香。精肉剁碎，然后和萝卜、碎油渣、猪油和在一起，再辅之大蒜、生姜、盐、酱油、老酒等佐料，拌成馅，包饺子。包了六十来只饺子，今晚水煮，明早煎饺，其余放冰箱，一个萝卜算完成使命。

晚饭吃完，挑了个最大的萝卜，准备制作糖醋萝卜。这可是一个巨大的工程。皮先刨掉，我用专门用来切直接吃的熟食和水果的菜刀和砧板，把萝卜切成片，然后切成小条，撒入盐，控出水分。在等待的时间里，切好小米辣、生姜、大蒜等，放在干净的碟子里。我私自认为腌萝卜时，这"三剑客"大料必须有。然后将控出来的水倒掉，再拌入"三剑客"，撒上白糖，倒入白醋，搅拌均匀，最后用筷子仔细地装到玻璃瓶里，剩下的调料水也一并倒进瓶里，漫过萝卜。外面用保鲜膜封口，再盖上瓶塞。这一次，我准备不放酱油，就白白净净的糖醋萝卜。透明的玻璃杯，养着白的萝卜、红的辣椒、黄的生姜末。今晚将其放进冰箱，明天就可以吃了，就着面条，就着稀饭，味道肯定超级好。

对于第三个萝卜，准备明天买块牛肉，煮一锅牛肉萝卜，把牛肉和萝卜都煮得烂烂的。午餐当炖菜就着饭吃一次，晚餐当火锅底料，再配上粉丝、青菜等，即使外面寒风冷雨，就着热气腾腾的汤，与先生小酌。热乎乎的食物本就有一种发烫的力量，正是这种温度温暖了肠胃，温暖了彼此的心。

孩子们在外工作，一年也难得回几次家。平时都是老夫妻俩相对无言对酌，总觉得没有小时候的烟火气浓。小时候，父母姐弟仨，有时候还有爷爷奶奶加入，一大家子人吃饭，饭桌上大家都抢着吃，吃饭的时候听父母各种唠叨，觉得吃着粗茶淡饭，都美味无比。现在每餐都不敢烧多，又不敢多吃，好像吃饭也就成了任务，再也没有一个大家庭所拥有的氛围感。原来再好的厨师，永远也希望食物有人品尝、有人肯定、有人赞美、有人分享。

但不管怎样，我依然觉得我在制作食物的过程中，感觉到很多的快乐。原来食物是有疗愈功能的，所有破损的伤口都会在食物的贴心调理下，不知不觉地愈合。再说，父亲的萝卜都有了最好的归宿，这已经足够。

父亲的三轮车

　　父亲闲来无事的时候，会静静地站在一旁抚摸着它，是缅怀曾经一起同甘共苦的岁月，还是慨叹世事的变迁？我们都不得而知。

　　父亲一直舍不得处理掉那辆已锈迹斑斑的三轮车，三轮车有点大，它就突兀地在客厅霸占着一席之地。三轮车是父亲一辈子辛劳的见证。

　　父亲做的生意是走门串户的生意，就是相当于"鸡毛换糖"的生意。每年过年后，父亲到邻县批发来小鸡小鸭，饲养在家里的五楼。每到集市的时候，父亲就骑上三轮车摆摊。父亲是天生的生意人，生意做得特别好。每天父母都要一趟趟地爬到五楼，母亲偶尔抱怨，但当父亲唱着歌骑着三轮车回家时，从口袋里掏出一大把钱时，母亲就又眉开眼笑了。其实，当时我们姐弟仨的收入在不断地增加，我们也曾无数次阻止，但父母不到迫不得已不会向我们伸手要赡养费。他们觉得自己赚的钱用起来心安理得，而且有一种巨大的成就感。因为他们觉得还能自己赚钱，走出去时在村里人面前一直底气十足，腰也挺得特别直，头也抬得特别高，说话的声音也特别洪亮。后来，我们在默许的同时，只能一遍遍地提醒他们一定要注意身体。因为饲养在家里的鸡鸭成本特别高，父亲只在集市上摆摊还不够。他就在闲日，踩着三轮车，挨家挨户地卖。

父亲去的地方大多是西部山区，山区的村民到集市上赶集不大方便。什么东岭啊，大塘啊，程家啊，蒲阳啊，这些小村庄我从没听说过。他到了一个村庄后，就在明堂里摆上摊位，淳朴的山村人都会围着父亲聊庄稼，聊家常。他们很相信父亲，买鸡鸭的时候总会委托父亲挑选。父亲非常珍惜这份信任，总会先挑最强壮的最易养活的鸡鸭给他们。到饭点的时候，有老哥老嫂们会端来饭菜给父亲吃，父亲总会慷慨地抓一两只鸡鸭送给他们。如果是寡居的老太婆，父亲也常送鸡鸭。年复一年，父亲积下了非常好的人缘，他们都亲切地称父亲为"老楼伯伯"。父亲也特别珍惜这辆三轮车，风尘仆仆回到家，再怎么劳累，每天总要把三轮车擦得锃亮。不用时，他便用一块大的塑料布覆盖在上面。

多年以后，我才真正理解"讨生活"的含义。同情弱者，同情不幸的人，这是父母一辈子奉行的生活准则。小时候，我曾经对父母的有些行为很不理解。比如只要来我家门口讨饭的，父母总会从锅里舀一碗热腾腾的饭，即使我们自己都未能吃饱；大街上看见耍猴的卖艺的，他们都要给上几个钢镚，即使我们自己囊中羞涩；有时候家门口有走门串户做生意的经过，父亲会邀请他们到家坐坐，母亲甚至会炒上几个菜，让他们小酌一下。"出门在外苦啊，但碰到的还是好人多啊，做了那么多年的生意，我曾经受到过多少陌生人的恩惠，一杯水、一碗饭、一句温暖的话、一点及时的帮助都让我铭记在心。"父亲跟他们唠叨的都是这些话，而这些话的背后是多少的苦楚和辛酸。如今的那份淡定从容却是积淀了多少岁月辛劳。"行到水穷处，坐看云起时"，又有多少人可以达到那样的境界。

　　由于长年累月挑担走路，父亲的脚得了很严重的静脉曲张。一条条像蚯蚓一样的筋扭结在一起，让人触目惊心。父亲60岁时，我们姐弟仨说什么也不让他干了。父亲的三轮车终于歇下来了，但它依然突兀地放在客厅一角。父亲闲来无事的时候，会静静地站在一旁抚摸着它，是缅怀曾经一起同甘共苦的岁月，还是慨叹世事的变迁？我们都不得而知。

父亲的玉米

我默默地告诉自己，我一定会好好地吃你的玉米，那是我今年尝过的最甜的味道。

老父亲知不知道今天是父亲节呢？他打电话叫我去掰玉米的时候，我正在中联超市，正在纠结该买哪些东西。我想父亲会很高兴，其实只要是我买的东西，他都会喜欢。

只是父亲的肠胃不大好，他还不能吃很多东西，超市里转了一圈又一圈，最后买了块羊肉，一些蔬菜，一小袋小米，一点水果，一些散装的糕点等。

我到家时，父亲已在门口等，我说，我骑的是电瓶车，认识菜地里的玉米，菜地那么远，老爹您就不要去了。他坚持着要走路去菜地，因为动完手术没多久，我怎么劝都不听，我千叮咛万嘱咐，走路一定要慢点，如果你先到菜地也不要掰，坐着等我。我马上上楼把东西交给母亲，母亲找了个编织袋给我。

等我赶到菜地，父亲果真坐在边上乖乖地等着我，像小孩子一样很听我的话。站在玉米地里，他很是自豪地说："种了这么多年，今年的玉米长得最好了，棵棵秆粗而均匀，而且果粒饱满。这一大片全都给你，去冰起来。"我跟边上别人家的一对比，父亲的玉米果真是最好的，枝干挺立，像排排站的士兵，风吹过，玉米叶发出悦耳的沙沙声。父亲和我一起掰着，掰玉米的声音跟拔笋的声音很像，"咔嚓"一声，一个玉米就下来了，让人非常解压。"爹，今年最后一年了，明年再也不要种了，我们都担心你的身体吃不消，再说你都 80 岁了，种玉米这么难，很劳心劳力的，我们想吃都可以买的。""明年看情况，吃得消再种几年，你们都喜欢吃，别担心，我有数的，再说，我劳动一下，对身体好。"父亲盯着里手里的玉米说道。我知道，只要老父亲有一点力气，他就闲不下来，他对土地始终有一种特别的感情，又是干活的好手。记得我们小时候，父亲一直是大队长，那时候没几把干活的刷子，社员们谁都会不服气。"你弟弟也很喜欢我种的玉米，明早我掰些下来，寄给他。"我嘀咕了一句："还不够寄送费呢！"当然绝不敢让他听到。这可是父亲牌的玉米，可是情义无价。

一大袋父亲牌的玉米拿到我自己的家，斩掉后半截，剪掉须子，留几片嫩叶，然后用保鲜膜层层包裹起来，以保证它的水分不丢失，一直忙碌到下午。原有的冰箱放不下，我们还专门跑到京东家电买了个小冰柜。

午饭炒了几个菜，跟先生一人一根玉米作主食。晚餐就我一个人，又煮了两根玉米作晚饭。父亲的玉米软糯香甜，味道真的特别好。

掰玉米，存玉米，吃玉米，父亲的玉米让我度过了最充实的一天，而我却忘了说一声"父亲节快乐"。此刻，我默默地告诉自己，我一定会好好地吃你的玉米，那是我今年尝过的最甜的味道。

老父亲的秋收

希望每年都能拥有老父亲的秋收，绚烂一年又一年五彩缤纷的秋天。

秋天是收获的季节，每次周末去看父母，离开时后备厢里都塞满了地里产的沉甸甸的果实。

这次周末回去后，父亲拿出一大袋毛芋，说："这芋头特别好吃，又糯又粉，还有点甜味。我已经晾干了，都一个个掰下最好的，炒菜清煮都很好吃的。"说完，父亲又到厨房拿了个篮子，说："你们在家等一下，我到菜地去，给你们拔几个萝卜，割点青菜去，现拔的新鲜。""我也去。"我拿过父亲的菜篮。

走到菜地大约要一两里路。经过几次拆迁和几次土地征收，父母亲早已是失地农民。而这些菜地，都是像父亲这一辈的老农民们在村边的荒地上开发出来的。出到村外，就可以看到一垄垄的菜地，很多叔叔伯伯们正挥着锄头劳作。父亲一路跟他们打招呼，他们也一路亲切地叫着我的小名。恍惚间好像回到童年时代，我提着篮子去给田里劳作的父母亲送干粮时的那一幕。父亲的菜地侍弄得可真好啊！一畦畦田垄码得整整齐齐的，看不到一株杂草。青菜有大、中、小三垄，小的只有小指头那么大，以后当火锅菜吃。父亲说，这几天天气转暖，菜长得特别快，下个星期冷了，霜雪一压，一冻，就更好吃了。冬天也没什么菜，以青菜、萝卜为主。他割了一些中等大的青菜，拔了两个白萝卜，顺手又拔了一把大蒜。回去时，我和父亲为了谁拎篮子争来争去，搞得叔叔伯伯们哈哈大笑。最后我拎篮子，父亲一手拿着一个萝卜，我们一起走在回家的路上，落日的余晖把我们的影子拉得很长很长。

回家后，我把芋头装在纸箱里，边上还有一箱红薯。墙壁上还立着几个老南瓜，冰箱里还冰着很多玉米。上个星期去看父母时，父亲还专门搭了梯子，在庭院里摘下几个大大的香泡。我放在餐桌上，香泡都散发出清香，让人每次吃饭时都觉得特别有味道。

希望每年都能拥有老父亲的秋收，绚烂一年又一年五彩缤纷的秋天。

奶奶的传奇

传奇并不一定要惊天动地，能够做到"行到水穷处，坐看云起时"，不慌不忙过完一生，像我的奶奶一样，也可以成为她的传奇。

先生的奶奶去世时 102 岁，她走得非常安详，我想这就是所谓的寿终正寝吧。奶奶的一生，实在可以说是一个传奇。

她经历了三大人生悲剧：童年丧父，中年丧夫，老年丧子。她自己的身体也并不是很好，有慢性肾炎，心脏也不大好。她的长寿，完全靠意志支撑。

爷爷去世的时候，最大的儿子 17 岁，最小的女儿 4 岁。她生育了三儿两女。无论再苦再难，也要让五个儿女上学。大伯父和公公都是师范学校毕业，都当了老师，小伯父去山里砍柴，发生意外，壮年去世。两个姑姑也都读到高中，后来相继嫁给了军官。四个儿女都有了很好的归宿，可以尽他们所能孝敬她。

我和丈夫结婚后，丈夫跟我谈的最多的是他的奶奶。他说，自己的母亲长年都在田地里劳作，很少管他们的饮食起居，是奶奶无微不至地关怀着他们。只要他一咳嗽，奶奶温暖的手就会搭上他的额头，不管有没有感冒，她都会煎草药叫他喝下去。奶奶更会变着戏法烧出很好吃的食物来填充他们的胃，在那样贫穷的年代里，真的非常难得。

有一次，应该不是端午节的时候，丈夫跟他的弟弟们开玩笑说："好想吃粽子啊，想着它，口水都要流出来了。"不知怎么被奶奶听到了，奶奶变戏法一样当晚就包了粽子。第二天醒来，满屋都是粽子香。每到过年的时候，奶奶知道孩子们嘴馋，总要从牙缝里省下一点当时很精贵的白糖。当时山里有的是红薯，奶奶就想着法儿制作成又香又脆又甜的红薯片，每人一袋，分给四个孙子。还有，她会用老了的玉米粒在铁锅里翻炒，炒出香喷喷的爆米花。奶奶炒的西瓜子、南瓜子更是一绝。所以我先生总自豪地说，童年的他们，因为有奶奶，一直是村里小伙伴们艳羡的对象。

我结婚时，奶奶一个人独居在老房子里。她把家里收拾得纤尘不染。奶奶是村里数一数二的做女红的高手。她缝制的虎头鞋、肚兜，简直都可以进博物馆珍藏。奶奶还很会剪纸，双喜是小菜一碟，她还能剪出鸳鸯、喜鹊、芙蓉、牡丹等花鸟。过年的时候将这些剪纸贴在窗户上会显得非常喜庆。奶奶的衣服干干净净、利利落落。晚年的她还特别喜欢穿暗红色的衣服。有一次，我买了一件紫红底黑色大花的棉袄，她马上穿给我看，乐得合不拢嘴。我说："奶奶你是个大美女啊。"她更加开心了。"可不是哦，奶奶年轻的时候漂亮着呢。""是哦，是哦，奶奶现在也漂亮着呢！""孙媳妇，你要吃什么，奶奶给你做。"我最喜欢吃奶奶擀的面条，尤其是油渣雪菜面。当面条在锅里翻滚着浮起来，奶奶用漏勺捞在碗里，上面铺上一层油渣，然后舀上一勺加了咸菜的滚烫面汤，油渣的油慢慢地浸染开来，那香味随着热气弥漫在空中。我狼吞虎咽吃完后，就静静地听她回忆往事。她讲得最多的是我先生小时候的趣事，有时候还会讲长矛的故事，她还有声有色地讲日本鬼子来时，他们如何躲进山里。我知道，奶奶的一生其实就是一本厚重的历史书，我一生都读不完，我唯有当个很好的听众，静静地听，这是给孤独的老人最好的安慰。

与丈夫结婚没多久，我就发现自己怀孕了。我觉得这个孩子来得非常不是时候，我们都还没做好要孩子的准备。经过深思熟虑后，我们决定不要这孩子。不知怎么的，这件事被奶奶知道了。年近80岁高龄的奶奶第二天居然找到我单位，恳求我留下这孩子。她说，她盼望着当太祖母已经很久了，她也不知道自己能够活多久，就让我成全一个老人的心愿吧。我们最后选择留下孩子。我一直很庆幸，更是一直心怀感激，幸亏奶奶让我们拥有了这么聪明帅气的儿子。记得儿子出生时，奶奶给儿子做了五双虎头鞋，还缝制了好几个肚兜，而且都绣上了精美的图案。我到现在都珍藏着。

生命有时候真的很神奇，走过了百年岁月的奶奶，从来不知道自己哪一天会去世。长期的生活阅历使她积累了一套养生心得，她很少上医院，因为生活在山里，她认识百草，知道很多土方。她对疾病有天生的灵敏度，一些小病小灾，她总要消灭于萌芽状态。是什么力量支撑着奶奶能不断挑战自己的生命极限呢？我想是简单生活吧。我们因为有太多的贪念、太多的不甘，所以不快乐，而奶奶的信念中只有一条，只要活着，活着就可以了。

传奇并不一定要惊天动地，能够做到"行到水穷处，坐看云起时"，不慌不忙过完一生，像我的奶奶一样，也可以成为她的传奇。

母亲的草药

有父母在，我永远还是个孩子，我还有归路，我还有撒娇耍赖的去处。

偶感风寒，下班后，晚饭懒得烧，就到娘家蹭饭吃。

母亲坐在门口，好像知道我要去似的。我喊了声："妈，今晚烧什么好吃的，我在这里吃。"我尽量把声音说得大声有力。母亲还是觉察到了什么。"怎么脸色这么差，眼眶周围这么黑，说话又这么没力气，是不是感冒了？""没有，只是这几天有点累了，今晚我早点睡就没事了。"我忙解释。母亲用她那粗糙的手掌在我额头搭了一下，吁了一口气说："还好，没有发烧，明天我叫你爸给你搞点草药，驱寒祛风的，只要不发烧，你小时候吃了很灵验的。"

"妈，真不用，现在不像我小时候，到哪里去找这些草药啊！况且药店里可以买，我回去就买，真别担心。"我一再地阻止，父亲虽然身体还算硬朗，但毕竟已是年近 80 岁了。

我吃了感冒药也没见好，上班时还是觉得晕乎乎的。

下班回到家，刚坐下，父亲就敲门进来了，手里拎着保温壶。

他从厨房里拿了一个碗，边倒边说："你妈那性子，一大早就催我找草药，我们村附近还真没有了，我跑五六里之外的前于村找的。还好，都被我找全了。这里面还放了雪梨、川贝，你妈还特意找了两个绿壳的农家鸭蛋，快点趁热吃。"我已说不出话来，但我能清晰地看见父亲手背上隐隐的伤痕，不争气的眼泪溢出了眼眶，我背过父亲擦干。我知道，这碗草药的分量很重，重得我用双手端着时都要颤抖。

"你妈说了，药要一口气吃完，不要回味，现在温度刚刚好。"我端起碗，一饮而尽，药很苦，我却喝出了甜味。小时候，我会因为草药难吃而耍赖。我小时候很是体弱多病，父母亲不轻易带我上医院，对于一些小病都会用一些土方子。比如吃坏肚子拉肚子，会用鸡胗骨头蛋壳等烤焦，然后磨成粉泡水让我喝下去。牙疼了，会用苎麻根、茅草根、荔枝壳熬成汁，再煮进两个绿壳的荷包蛋。口舌生疮了，会煮些车前草汁。也很奇怪，这些稀奇古怪的土方有时还挺有效。只是味道真的太怪了，母亲每次都是连哄带骗地让我喝下。而今天这一碗母亲的草药，我觉得这是世界上最难得的美味，我就像喝蜂蜜一样，喝个底朝天。

"好，都吃完了，早点睡，被子盖暖点，让汗发出来。这些先给你放着，明早再吃一次，肯定好了。你妈一再嘱咐过的。"父亲看着我吃完，很是欣慰。我知道，母亲肯定一再叮咛过父亲，一定要亲眼看着我把药喝下去。

这一碗草药盛满了父母浓浓的爱，在母亲节即将来临之际，我只能默默祝福他们健康长寿。有父母在，我永远还是个孩子，我还有归路，我还有撒娇耍赖的去处。

父母在昆明避暑

我知道我的父母是幸运的，他们那一代从饥饿走向温饱，再迈向今天的小康，真真切切地感受到了社会的巨变。

"爸，昆明天气好吗？今年应该习惯了吧！"浙江依然持续高温，此刻，我在嗡嗡的空调声中打电话给远在昆明的父母。父母亲6月30日出发去昆明避暑，到今天已经近2个月了。

"天气舒服着呢！最高温度20多度，早上和傍晚要穿2件衣服，晚上得盖被子呢！我和你妈都没出过汗呢。知道家里这段时间很热，我们索性等9月份天气凉快了再回来。孩子啊！爸妈可满足了，想不到我们有生之年还能过上这样的日子。"电话里父亲的声音洪亮爽朗，看来心情不错。

父母亲是第三次去昆明了。今年因为疫情，去昆明多费了点周折。父母不会用智能手机，更没有支付宝，而现在到哪里都要出示绿码。我又无法同行，弟弟只能专程从昆明飞到义乌，再带父母飞回昆明。

前面两次，趁暑假，我都去陪了几天。

应该是前年七月，天气越来越热，稍微动一下就浑身冒汗，整天躲在空调房里，又浑身不自在。弟弟每晚都打电话给父母，母亲那天随口一说，想到夏天不热的地方住一阵子。弟弟在昆明开了个小公司，家在杭州，经常杭州和昆明两头跑。他们的小儿子马上订票，担心老人吃不消坐高铁，给他们订了豪华软卧。他们在那边住了一个星期后，弟弟极力邀请我也去一趟，他包吃包住，而我一直也有出去走走的念头，就这样，我坐了十来个小时的高铁，来到昆明。

这次我们住的是宾馆，一日三餐都在外面吃。弟弟因为有我陪着父母，放心回杭州了。可能是水土不服之故，天气确实是凉爽，但我和父亲都有点高原反应，整天头晕乎乎的，牙齿隐隐约约地疼。住在宾馆里，又没有家的感觉，我陪他们待了一个星期就回来了。

去年弟弟在昆明租了一套房子，吃住更加方便了。父母也许是好了伤疤忘了疼，也许实在是忍受不了浙江酷热的天气，开始想念起昆明的凉爽，也许是更有资本可以在他们那些老伙计面前炫耀，他们又想去昆明了。这一次，父母、我和弟弟一起，决定先坐飞机到贵阳，在贵阳玩几天，再坐 3 个小时的高铁到昆明，慢慢适应一下高原环境。

有女儿和小儿子作陪，父母的精神一直都很好。父亲去年 76 岁，母亲 74 岁，身体还算康健。但走路明显一年比一年迟缓。父亲大半生走在路上，闯荡遍了大江南北，虽不大识字，却练就了超强的方向感。跟他出去，我从来都不记路，父亲总能安安全全把我们领回家。父亲话不多，母亲却是个话痨。在我们三个孩子心目中，父亲真的是宠坏了母亲。母亲的啰唆也许只有父亲承受得了，母亲只要想吃什么稀奇古怪的东西，他跑遍小城的角角落落也要给她买来。这不，上飞机上火车，他肩上扛一个大袋子，两手各拎一个小袋子，却让母亲空手走路。我实在不忍心，非要拎一个过来，袋小却挺沉。原来里面都装了牛奶、八宝粥、豆腐干等母亲爱吃的东西。而母亲一路上，就一直讲话，讲得最多的是东家长西家短的陈芝麻烂谷子之事，有些话都重复讲过几十遍了。其实我挺佩服母亲的超强的记忆力，她能记住所有亲戚街坊邻居的长长短短。这次我都学乖了，假装很认真地听，适时地随声附和一下，当然也偷偷地玩一下手机。我们姐弟仨聊得最多的就是小儿子，我们享受的是福气，你弟获得的是名气，这句话一路上至少念叨了二十几遍。确实，他们的小儿子是让父母最引以为豪的。弟弟带父母去过北京、西安、厦门，还漂洋过海到过海外。他们的很多老伙计没有坐过火车，更不用说飞机了。我相信，父母亲在那些老伙计堆里，腰杆总是挺得最直的，说话声也总是最洪亮的。我总能联想起《平凡的世界》中，孙少平的父亲孙少厚拎着一块大肥肉大摇大摆地在老伙计们面前走过的情景。

　　一早，我们去超市把能够买的都买了，回来把冰箱塞得满满当当的。我和弟弟回浙江后，只希望他们能安安心心住上一段时间，回来就可以享受秋高气爽的天气了。这一次父母亲也实在有趣，来之前父亲专门去南山脚挖了一杯黄泥。每天一大早就泡上了，两老一人一杯，咕噜咕噜下肚了。也很奇怪，这回两老身体都棒棒的，莫非这泥土果真有奇效？结婚后我家虽然离娘家近，但我很少住在娘家。在昆明的这段日子，我们吃住都在一起。

　　早餐我们一般在外面吃，对于云南米线，我们百吃不厌。吃完，我们一起逛逛农贸市场，买点蔬菜和水果。昆明的早晨真的非常凉爽，大街上人也不多，父亲会带着我和母亲专门走那些小弄堂，感受最原汁原味的昆明人的生活。午饭一般由我烧。第一天土豆炒绿韭，炒生菜，卤鸡爪香干，本还想炖骨头毛豆汤，父亲阻止了。第二天红烧草鱼，炒茄子，西红柿炒蛋。第三天我们去逛了昆明最大的菌菇市场。真的是开眼界了，不仅五颜六色，还奇形怪状的。弟弟买了一些，只记得有一种叫鸡枞菌的，要好几百块钱一斤，还买了一只鸡。菌菇炖土鸡，实在是美味。父母吃得很是满足。时光很慢，倾听很长，亲情很浓。

本打算一起去一下大理和丽江，年迈的父母已不喜欢折腾，我也决定不去了。我深知，陪伴父母的日子只会越来越少，去旅游的机会却多的是。就让我在异乡的小套间里好好陪他们唠唠嗑，烧点热饭热菜，好好享受在凉爽的天气中这份天伦之乐。

思绪拉回，夏天从一把麦秆扇到电风扇再到空调，再到春城去避暑，这是怎样的三级跳啊！我知道我的父母是幸运的，他们那一代从饥饿走向温饱，再迈向今天的小康，真真切切地感受到了社会的巨变。而作为小辈的我们，要更加努力地工作，更加认真地生活。

左岸　右岸

泪眼蒙眬中，她又想起了那个烧书的夜晚，想起了那句"孩子，别伤心了，我们就你一个女儿，爹妈会养你一辈子"。

她是家里的老大，出生在正月初二晚上 7 点，属狗。大一点时，听奶奶说，她的出生真的有点漫长。说在大年三十晚上母亲就开始阵痛，一直痛到正月初二晚上，整整痛了两天两夜。后来奶奶也不耐烦了，说孙子是指望不上了，肯定是个"拖延囝"。那年是 1970 年，那年的冬天特别寒冷。那时候都在家里接生，也不知道几斤重，只是听接生婆说，像只小猫那么小，怎么这么不愿意投生呢？

她是个头胎，虽然是女儿，父亲却把她当作掌心里的宝。在那样困难的年代里，温饱都解决不了，她从小又体弱多病，三天两头往医院跑。长大后，母亲还经常开玩笑，你可是精贵人啊，你可是喝过葡萄糖的，那时候葡萄糖可是稀罕物啊！你爸做生意回来，带了一包白白粉末状的糖，说叫葡萄糖，可花了好几元钱呢，我还骂过他呢。第二年，大弟弟出生。三年后，小弟弟出生，母亲宠着两个弟弟，但父亲最疼的依然是她。

大概她 9 岁的时候，有一天放学回家，舅舅刚好到家里做客，舅舅是个学问人，是浙江大学的教授，她从小非常怕这个舅舅，于是没有急着进门。她在门口听到了他们的谈话。舅舅说："香香快放学回来了吧，成绩还好吗？有空时，你让她干点家务，女孩子该多干点活。"母亲说："哥，你在杭州吃的是公家饭，我们农村活很多的，3 个孩子都挺听话的，都能帮忙。香香特别乖，她 7 岁就能够烧手工面条了呢，还能带 2 个弟弟。只是有一次我去给她算命，算命先生说，这孩子将来肯定劳碌命，晚上 7 点出生的，属狗的正是最要看门的时候，我担心将来她真的要辛苦啊！"舅舅说："别信那些迷信的，只要她书读得好就行，没钱付学费时，时刻向我要。"我真是劳碌命吗？我一定得好好读书，过上不劳碌的生活。她在门口暗下决心。

3 个孩子相继读书，家里的负担很重。有一天晚饭时，父母亲在闲聊，说大伯父家的 2 个女儿上完高中就不再让她们复读了，都打工挣钱去了，供养 2 个弟弟读书。还有二大姨的 3 个儿子，两个高中，一个初中，家里实在支撑不了，中间的那个儿子只能辍学赚钱，供养哥哥弟弟读书。这是真真切切发生在她身边的事，而且分别是很熟悉的堂姐和表哥。突然听到母亲嘀咕了一声，我们家如果到那个地步，只能让香香歇下来，女儿总是别人家的。"不行，说什么也要让他们 3 个有书读，尤其是闺女，体弱，一定要让她吃上公家饭。"父亲突然站起来说："我一定会想办法挣到钱。"她端着饭的手抖了一下，两滴眼泪无声落下。

于是，她更加努力地学习，每学期都会拿回鲜红的奖状，贴在客厅显眼位置，点亮了屋内的昏暗。

她的努力得到了回报，尤其是写作上，每次作文都会当作范文在全班面前读，学校的黑板报上经常贴着她的作文。有一次，她还代表学校参加县里的演讲比赛，居然获得了第一名。班主任偶尔来家访，对她也是赞不绝口。父亲也经常对她说，你是姐姐，一定要做好榜样，2个弟弟才会学你。确实，姐弟仨也非常争气，每次领回的奖状都能让父母辛劳的脸上有着灿烂的笑容。

每年的暑假，是农村的双抢季节，20世纪80年代初，刚实行包产责任制，家家户户都拧着一股劲，把土地侍弄得非常好，以达到最大的亩产量。父亲曾经是生产队长，是种粮的好手。家里地处平原，没有旱地，都是水田。所以到双抢时节，真的像打仗一样。一般趁没太阳，凌晨三四点就要起床割稻，上午把稻谷碾下来。早季稻割完，得马上插下双季稻，那时，我们叫杂交稻。我们这里的男女老少，小孩只要到十几岁，都要学会插秧种田，而她一直不会。父亲曾瞒着2个弟弟，对她说："拔秧你要学会的，而且是一大早的，太阳不晒。插秧的话，下午3点去田里，太阳很大，你不学算了，你就在家里准备点点心和晚饭。"2个弟弟虽然不服气，但碍于父亲的尊严，也没敢说什么。最脏的活是散栏肥，就是把猪圈里臭烘烘的粪便散到稻田里去，她总是赖皮，不做这活，父亲也就睁一只眼闭一只眼，两个弟弟却赖不掉，眼睁睁地看她逍遥自在。为了求得内心的安慰，她会在两三点时弄点点心，比如绿豆汤、红枣白木耳、馒头、稀饭等，送到田里，给他们助阵加油。她一直都知道，父亲足够宠她。1985年，她也争气，以傲人的成绩上了高中，第二年弟弟也考上来了，家里的负担越来越重。她从小体弱，上高中住校后，长期吃霉干菜，导致严重营养不良，经常生病，也经常口舌生疮。高二那年，父亲决定给她包餐，就是每个月交钱给学校，你直接拿着盘子去领学校里专门开设的窗口刚炒出来的菜。早饭有豆浆油条，午餐晚餐都有一荤两素。每当吃着这些热腾腾且丰富的伙食时，她看着同学们吃着黑乎乎的菜干，在班里总有一种巨大的优越感。多年后，开同学会时，有同学偶然提起，说那时候都怀疑她家是万元户，她肯定也算得上富二代，可谁知道父母亲是如何节衣缩食过日子的呢？每当看到弟弟偶尔在长长的队伍里买菜打牙祭，就不敢跟他打招呼，因为他更多的也是吃着家里带去的咸菜和霉干菜。

　　高二那年暑假，父亲去江边捡柴火，被毒蛇咬伤，幸亏抢救及时，才保住了命。每天看着父亲乌黑且肿大的脚搁在小板凳上，她总忍不住偷偷地流泪。有一次，她出去闲逛，看到街角处有个算命先生，她不由得多盯了几眼。算命先生向她招招手，她不由自主地走过去。算命先生说："来，小姑娘，我帮你看下手相吧，如果你觉得准，就给个一块两块的，觉得不准就不收你的钱。"于是老先生先有模有样地给她看面相，然后捋捋胡子说："你这好面相啊，大眼睛，高鼻梁，鼻子肉嘟嘟的，鼻孔一点不朝天，不漏风，下巴圆圆的，福气相啊！在娘家可以躲在父母亲的大树下好乘凉，晚年财气也很旺，这面相很聚财。但你的脸有点倒三角形，眉毛又很浓，你的性子有点硬，太要强，说不了好话，但只听好话软话，注定你结婚后会劳碌命，不管是家里还是单位你都只有做的份，而且别人还看不到你的好。如果，我20年后还在这儿，你可以来找我。"她一声不吭，也许人天生本就有命，这是在历经沧海桑田后，会更加相信命运。接着，老先生看了她的右手，又要了生辰八字，掐了下手指头，沉思了一会儿说："你的手相太特别了，整只手纹路清晰，除了婚姻线、生命线、智慧线，几乎没有细小的纹理。所以你的意志坚定，认定要做某件事就一门心思朝前走，不管前路多凶险。爱情线包括以后的婚姻线没有中断，说明你对感情很坚贞，认定了就是一辈子，也就是你没有离婚的可能，还有你有点怪才，很大程度可以依靠笔杆子吃饭。晚上7点出生的狗，还是有点劳碌命，有些磕磕绊绊，但总体能一生富足平安。但是，你的手掌很奇怪啊！你是断掌啊！这在女人身上很少啊，而且刚好在右手，这是领袖的手掌啊！但，平常女人哪有这么容易当领袖啊？而且这手掌是要克父亲的，而你的父亲却把你当作他掌心里的宝。"她的手不由自主地抖了一下。我的手是断掌？我怎么可能克父亲？难道父亲这次被蛇咬，冥冥之中也是我之故？一路上，她忐忑不安。回到家里，看到父亲躺在躺椅上，眼睛闭着，眉头却皱着，一副痛苦的样子。她赶忙离得远远的，担心她真的有妖气传给他。

所幸，父亲很快就恢复了。以后，她在父亲面前更加温顺，从不敢顶一句嘴，这个结也一直藏在心中，从来没跟任何人讲过，她几乎每天过得战战兢兢。父亲可是家中的顶梁柱。

20世纪80年代末90年代初，大学招考人数大幅缩减，考大学真的如千军万马过独木桥。再加上她偏科厉害，虽然选择的是文科，语文、历史、政治的成绩都还不错，但数学和地理的成绩就拖后腿了，所以1988年参加第一次高考，离录取分数线还差好几十分。大弟弟要升入高三，小弟弟也读初二了，她开始犹豫，要继续复读吗？那个年代，女孩子能读到高中毕业已经很不错了，很多同龄人早就在打工帮衬家里了，甚至有好多小伙伴在谈恋爱，准备结婚了。有一天，她坐在简陋的书桌前，书桌上堆满了书本，她看着这些书发呆。父亲无声地走进来，抚着她的肩膀说："我打听过了，复读班过几天就报名了，你没有什么好犹豫的，复读去，别担心家里的钱，爹有办法赚钱的，你尽管用心读书，你大学考进去了，两个弟弟才会跟来，你可是要做好姐姐的榜样啊！"当时正值七月盛夏，窗外的树枝繁叶茂，知了正在树上卖力地歌唱，夏风吹过，树叶哗啦啦地响着。

复读生活很苦，学校不安排住校，每天走读。一大早起床，母亲肯定会准备好早餐，在"慢慢骑车"的叮咛声中冲入黎明的雾霭中；晚自习回家，掀开锅盖，会有一碗热气腾腾的夜宵，或一碗稀饭，或一碗面条，或一碗饺子。然后，伏在桌上继续挑灯夜读。黑色七月如期来临，父亲专门在高考那天买来荔枝和桃子。她也许吃得不对，吃了桃子皮上的毛，当晚就拉肚子，父亲很是自责，她却怪自己考运不好。成绩出来了，她的进步是很大，但还欠二十来分。那晚，她没有上床睡觉，枯坐在书桌前，到半夜，她突然捧起一叠书来到楼下，从灶台里拿起火柴，打开门，烧起书来。看着浓烟升腾到空中，看着火苗蹿起，眼泪模糊了双眼。不知什么时候，父母亲站在她身旁，也无声地抹着眼泪。看书烧完，父亲走过来，拉起蹲在地上的她，说："孩子，别哭了，爹妈只有你一个女儿，别担心，咱考不上没关系，你们补习班里不是没考上几个吗？你考得算好的，都是爹不好，不该买桃子。别再伤心了，以后再怎么样，父母养你一辈子。"那个暑假，她格外懂事，格外勤劳，流出的汗可以止住想流又不能流的泪水。

9月，在父母的再三劝说下，加上自己的不甘心，再次收拾心情踏上复读路，大弟弟也高考失利，进入补习班。说实在话，那个时候能考上大学的，复习个三四年的比比皆是。有些复习到不能考为止，最后还是灰溜溜地回家务农。那年，最值得安慰的是，小弟弟以优异的成绩考上初中专，那时候，公社广播都在循环播报表扬这件事迹。那个时代，农家的孩子能够鲤鱼跃龙门，吃上公家饭，是一件多么荣耀的事。舅舅特意从杭州赶过来，阻止弟弟填志愿。说以后的时代，初中专的文凭一定赶不上形势的变化，一定要去上高中，然后考大学。多年以后，真的要感谢舅舅的高瞻远瞩，小弟弟也成了他们姐弟中最优秀的人，留在大城市，过上了比较显赫的生活。两个补习，一个上高中，父母亲的负担更重了。母亲喂养了两头母猪，空闲时还到村里的纸箱厂做苦力。父亲春天做卖小鸡小鸭的生意，其他时间到处去做小工。她的压力真的特别大，一定要用功，明年无论如何要考上去。

1990 年的高考试卷特别的难，分数线也是创造了新低，上天弄人，最后她以几分之差落榜。这一次，她居然没有哭，而是很理智地求父母亲再让她搏一年。大弟弟也没有考上，那段时间，家里的气氛沉重到极点。后来，教育局通知她，说浙江师范大学降分录取，县里共有两个委托培养的名额，问她愿不愿意去。她不想去，父亲却瞒着她天天跑教育局。那是 7 月的盛夏啊！父亲顶着炎炎烈日，骑着单车去咨询。后来又专门跑到杭州问舅舅，舅舅也支持，还带了一封信给她。她还是有点不愿意，父亲搬来了当村主任的弟弟来当说客。叔叔还真很动情地劝她说："孩子啊！去读吧，不要担心那钱，你爹有备着的，更何况出来就当老师，女孩子当老师多好啊！咱有个拿居民户口的机会多好啊。还有你上了大学，两个弟弟压力就小了，说不定你大弟弟明年也考上了呢。"她突然想到了算命先生的话，想到了断掌，难道她真的克父亲吗？要把父亲的钱榨干，把父亲的身体累垮吗？那几天，她尽量躲在家里。

由于属于定向培养，毕业后要回老家西部山区工作，所以要办很多相关的手续。拿到大学通知书已经是 9 月底了，比别人迟了二十来天。是父亲送我去学校的。20 世纪 90 年代初，几乎还没有什么快递业。公交车到浙江师范大学门口的时候正是 9 月中旬的中午，烈日当空，白花花的水泥路上闪着白光，使人酷热难耐。报到时，根本没有所谓的《致终将消逝的青春》里玉面小飞龙郑薇的待遇——有一众师兄们肩扛手抬的优待。

记得很清楚的是，父亲扁担的两头，一头是沉沉的被褥，一头是一只皮箱，里头装的是衣服、鞋子、书本、土特产等。她拎了个网兜，装的是一些简单的生活用品；还背了个书包，装的是小姑娘的一些杂七杂八的东西。都说，走远路一定要轻装简从，头顶烈日，脚底火烤，过一会儿，她就口干舌燥、汗流浃背了。走了一段路，她把东西一股脑儿扔树荫下，蹲在阴凉处对着父亲的背影喊："爹，我真走不动了，让我先歇一下。"只见父亲把担子一撂，叫她等着，他往回走，把她的东西左扛右拎，她则在父亲后面空手紧赶慢赶跟着。她望着父亲的背影，父亲的汗衫已湿透，紧紧贴在他的背上。由于长年累月地做挑担的生意，父亲的背有些驼，裤脚早已卷到膝盖，严重的静脉曲张使得青筋凸起。这样来来回回，一程又一程，她实在不忍心，要搭把手，都被他无声地制止。她满脸是汗，好像还有眼泪，她摊开右掌，三条纹路合成一条的断掌在太阳下闪着白光。"我为什么要出生啊？我的出生就是来害父亲的。"她收起右手抹了一下脸上的泪和汗。

终于到宿舍了，她的宿舍在 22 幢，安排的是 1989 届的畲族的老生宿舍。学姐们好像都挺老练的，而她感到十分紧张。父亲一到宿舍，在她带去的零食里，每人一大把，往她们床铺上放，还用他不大正宗的普通话，一个个拜托过去，请她们多多关照她，说什么孩子从没出过远门，监督着按时吃饭，生病了能陪着去医院，有困难了能帮忙啥的。她站在一旁，坐立不安，尴尬至极，也根本阻止不了父亲。然后父亲给她支蚊帐，铺被褥，她只能看见父亲蹲在床铺上忙这忙那的背影，不由得又湿了眼眶。突然他回过头来叮嘱她，你妈说晚上要盖好被子；你妈说你胃不大好，三餐要按时吃；对了，你妈特别说了，还要好好读书，不要乱交朋友；你妈还说——他好像只是一直在转述。父亲一向话不多，那天她也不知道父亲怎么会有那么多的话。其实，她从小就什么家务都会干，挂蚊帐、铺床收拾之类的事是小菜一碟，唯一的解释就是舍不得出远门在外的女儿，更想有个理由跟女儿多待一会儿。终于整理好了，父亲无意识地拍了拍被褥，起身，突然沉默了。走到门口，他突然塞给她一个皱巴巴的信封，然后说："爹走了，你照顾好自己，别太想家，没钱了，就写信。"她要送他，送到门口，又把她推了进来，说，老爹是老江湖了，走南闯北的人，别担心我。她倚在门框旁，看父亲的背影消失在拐角处，眼泪也忍不住簌簌地流下来。她打开还有父亲余温的信封，里面装的是一小捆零钱，用一根牛皮筋扎着，足足有好几十元。

也许是父亲的嘱托，几个学姐们都很照顾她这个学妹。后来她们也一直调侃她，你父亲真好，肯定宠着你，她说，是的，虽然下面有两个弟弟，但父亲一直都很宠我。

第二年，大弟弟如愿考上了杭州的大学。父亲供两个孩子读大学，一个读高中，你可以想象负担有多重。父母亲自己省吃俭用，到处找活干。她在第二年决定去做家教。那时候家教还不是很盛行，能请得起家教的都是一些相对有头有脸的人物。孩子的父亲是军区的首长，母亲是中心医院的医生，孩子是小学四年级的学生，名字叫张磊。因为在市区，她不得已向同学借了30元，买了辆破自行车。于是每个周末，风雨无阻，来回奔波。她是个农家的孩子，淳朴善良认真，说好的补两个小时，她至少辅导两个半甚至三个小时。第一次踏进别人的家，她被家里的豪华装修震撼了，超大屏的电视机、金丝绒的窗帘、大理石地板、金碧辉煌的墙壁，家里更是纤尘不染。她故作镇定，女主人眼里的那份骄傲、冷漠，使她不敢多说一句话，她只有很用心地付出以获得他们的信任。后来，学生把她当姐姐，女主人也是笑脸相迎，甚至她有事的时候，还拜托她带孩子，每次特意叮嘱她，家里的水果零食你可以随便吃，就当自己家一样。这段家教经历，对她以后的人生有着巨大的影响。是的，她相信每个人不可能生而高贵，只有真心付出、善良待人，才可以获得信任和回报。她也相信只要比别人付出更多的努力，就可以获得更好的生活，获得尊重和尊严。

经过一学期的努力，她赚到了200元，拿在手里是如此的沉重。她还了自行车的钱，还用120元买了一台凤凰牌照相机。那时候她非常喜欢摄影，有了这台照相机，下学期就可以参加摄影学会了。还有一点钱，她决定去城里逛逛，给家人们买点礼物。她给母亲买了条围巾，给两个弟弟买了衣服。看到大街上，一辆三轮车的流动摊贩正在卖山核桃，而且看到摊主在现场每剥一颗，果实都是饱满的，她就上去称了两斤，父亲虽年近半百，牙口却特别好，也特别喜欢吃山核桃，何况马上过年了。

回到家，她把山核桃给父亲，父亲乐得合不拢嘴。母亲是咬不动的，两个弟弟嫌剥起来麻烦，也没怎么吃。午休的时候，父亲会坐在躺椅上剥几颗吃吃。我有一次看到，父亲连咬三颗，里面都是黑瘪的，但他丝毫没有怨言，他吃的哪里是核桃啊，分明咀嚼的是宝贝女儿的心意，脸上的欢喜和满足是掩饰不住的。而远在一旁的女儿却满是愧疚，我为什么要在地摊上买呢？

等小弟考上大学，她已工作了，虽然父亲几番奔走，她依然要分配到山区。那个时候山里山外真的是两个世界，交通没这么发达，她去上班的话，要转两次车，而且每次要带一星期的米和一些生活用品，到坐车的地方都要走很长的一段路。所以每次离开家去上班，总觉得有点伤感。不过还好，山里人纯朴，山里的学生也好教，在学校里跟同事们也相处得很愉快。她虽长得不算漂亮，个子也不高，但也挺小巧，尤其一双大眼睛黑多白少，清澈动人，扑闪扑闪的，非常灵动。时年22岁，正值青春年华，而当时女大学生更是物以稀为贵，又是城里人，不乏有很多追求者，每次回家也经常能碰到说媒的人。在大学里，她都婉拒了几个追求者，一方面，她很清楚，她肯定要回原籍的，两地分居的生活从来不现实。另一方面，也真的很巧，有两个她也比较心仪的追求者刚好都比她大一岁，属鸡。当年算命时，母亲就告诉过她，大一岁的人绝对不合适，鸡犬不宁，以后婚姻生活肯定不安宁。她其实并不相信什么宿命论，但冥冥之中又会给自己套上圈子，毕竟她不想用自己的命运作赌注。万一，又应验了呢？某种程度上，她还是少了点叛逆，少了越雷池的勇气。母亲又好攀比，她说，两个堂姐都嫁了比较帅的，你也得找一个相貌比较好的，绝对不能比下去，毕竟我们花了那么多钱培养了你这个大学生。父亲没有表态，他只说了一句话，你找好后，让我去见见，会会他就可以，找人不管贫穷富贵，本质好就可以。

　　有一次回家，路过街角，算命的老先生还在，只是皱纹更深了，头发更白了，胡须更长了。这一次，她是主动走过去的，还跟他提起很多年之前的那一幕，并且告诉他，她工作了，父亲也很好，身体也很健康。老先生还是捋捋胡子笑笑说："姑娘啊！世界万物没有绝对之事，好事可以变坏事，坏事也能变好事，祸兮福之所倚，你一直以来的乖巧懂事足以抵挡了上天的那份煞气。"老先生停顿了一下，看了看我脸，又说道："我给你预测一下你的婚姻吧！你早婚，你的丈夫西方的比较合，东方的不行，其他的都凑合，你的婚姻因为你要强的性格也多坎坷，但最终是好的。你属狗吗？最合的属性是比你大四岁的属马的，比你大两岁的，属猴的也是良缘。比你大一岁的和大三岁的最好不要找，相冲的。"她听着，一半当玩笑，一半走心里。一切都随缘吧！命运，不就是一半是命，一半是运吗！

　　不管怎样，断掌的心结渐渐松开了点。

　　婚姻确实是有缘分的，否则万千人中怎么刚好会遇到彼此呢?也确实被算命先生算中了，他来自西部山区，山里人，但是在城里工作。

　　父亲瞒着她，还特意到他们村去查了一下，听听村里人对他们家的评价。又拜托熟人到他的单位，跟他的领导同事了解他的为人和工作情况。他是山里人，她是城里人，他家的负担很重，下面还有两个弟弟在读书，老家几乎没有像样的房子，更不用说在城里买房子了。但父亲都没有计较这些，他觉得只要人好就行。后来，没有要一分彩礼钱（他们家也根本拿不出来），没有订婚，连结婚酒席都没办，她也没有穿上几乎每个姑娘都梦寐以求的婚纱，也就没有婚礼誓言了。

所幸，她的要强和努力，还有她几乎与生俱来的经营能力，日子从一无所有到城里买房子，买汽车。工作上也特别用劲，从山区调到平原，再调到小县城最好的中学。而她的父亲一直都知道，她的宝贝女儿过得是那么辛苦。

岁月是一条奔流不息的江，左岸是鲜活的日子，右岸是平静的永别。这一生，所有人都要划着一叶扁舟从此岸驶向彼岸，没有例外。纵然如此，众人仍渴望与所爱之人永驻左岸。她也是，从没想过，父亲的小船已经渐渐偏航，驶向右岸。她清清楚楚地记得那一天，5月17日下午两点，弟弟打电话来，父亲已基本确诊，但还好，发现得早，他明天带父亲去杭州住院。

她突然脑袋一片空白，手在颤抖，说话也语无伦次，眼泪夺眶而出。有一点却很清醒，父亲在确诊前已在县医院住了一个多星期，做了胃镜肠镜等相关检查，而唯一的女儿却一无所知。一个星期后，杭州的医院安排手术。见到父亲时，他正躺在7楼的病床上，大肠科床位紧张，现在是借其他科室床位的。父亲明显消瘦了，说话明显跟不上力气，但精神尚可，反过来还安慰我说："我没事，别担心，我有的是力气，我经常在病区闲逛。"说着，还一定要下床帮我拿椅子坐，还到处从抽屉里翻找吃的，指着放在窗边的白枇杷，说特别好吃。她拿了几颗，剥开来，确实很好吃。弟弟一再告诫她，父亲是不知道真相的，叫她说话小心点，她就尽量少说话。倒是父亲，絮絮叨叨说着他的病，一再说着，不是什么大病，你们别担心。她明显地感觉到，父亲应该是知道的，曾经走南闯北、见过如此世面的人怎能会不知道呢？只是他也在演戏而已。没坐一会儿，她忽然浑身痒起来，她这过敏体质不知道在医院碰到什么过敏原了，手上脚上一块块开始起疹子了。父亲瞧见了，突然说："我们家族女儿气一向不好，我唯一的妹妹，就是你唯一的姑姑，三十几岁就得胃癌去世了，你几个堂姐身体也不大好，你更加不用说了，你等会儿早点回家吧，明天又要上班，你弟弟守着我就行了。"她又想起了她的断掌，她偶尔的任性。换病房了，换到 9 楼的大肠科病房。没等她收拾东西，他已经把最重的东西拎在手上了，好像她才是病人。手推车来了，他坐上去，又要我们把所有东西给他，可以放在他的膝盖上。可爱的老父亲啊！到底该如何说你呢？

　　要进手术室了，父亲坐在轮椅上，她问："爹，怕吗？紧张吗？""不怕，不紧张"。父亲戴着口罩，看不清楚他的表情，但他的眼睛是空洞的。她不由得俯下身子，握住父亲的手，父亲的手是冰凉的。然后贴着他的耳朵说："爹，不怕，我们都在。"她又一起跟进了手术准备室。她又俯下身子，说："爹，别怕，一定没问题的，我们都在外面等你出来。"她又握了握父亲的手，还是冰凉的，她期盼着父亲能回握她一下，可惜没有。她目送着父亲被推进手术室，手术室的门哐当一声关上了。

　　她坐在手术室外面的椅子上，看了一下手机，下午 4：40 进的手术室，挂着的电子屏幕上可以看到手术进展情况。身上越来越痒了，弟弟和弟媳都看着不忍心了，说："姐，你回去吧，我们守着就行了，看来这手术要做到半夜了。你也熬不了夜。"她看着屏幕上一直显示着，还在手术中，断掌的疑虑突然又一次涌上心头。"离开吧！也许我的离开会更好。"她站起来。

　　回家，手机一直开着，过几分钟看一下手机，有没有信息过来。12 点多时，弟弟告诉我，父亲的手术很成功，还好总体没有扩散，后期不用化疗，但要挂 3 个月的屎袋。她长长地吁了一口气，但依然自责没能在手术后的病床前守候。

后面住院的一段时间，有护工和弟弟们照料，父亲还特意叮嘱不用她过去，安心上班就行。

出院了，本想接父亲来家住一段时间，不知道老天爷是不是故意捉弄，突然被查出新冠二阳了。等她完全恢复已经两个星期之后了，父亲也恢复得非常好，她想去学一下如何换屎袋，他说什么也不让她碰，还说自己早就学会自力更生了。伟大的父亲不到迫不得已，永远不会麻烦子女。

父亲在耄耋之年动了他一生中最大的手术，而且主刀医生乐观地告诉她，肠癌是癌症当中算是幸运的，如果你的父亲心态好，再活 5 年根本不是问题。她下意识地握紧了手掌，如影相随了她几十年的断掌阴影忽然烟消云散了。

那晚，她坐在窗前，窗外一弯月亮悬挂在空中，天空非常纯净，她打开手机在百度上输入"断掌"两个字，很多页面跳出来。她选中了一个在线看手相的页面。给她看手相的是一位须发皆白的，穿着白色唐装的老人，指着她手掌的纹路娓娓道来："你这位朋友，你的手相很特别，当然每个人的手相都不一样的，你这个不是断掌，是伪断掌，不仔细看，很容易判断错，你越到晚年会越好，你的孩子也会很孝顺你。你的父亲肯定能活过80 岁，你也能够终其一生。"

泪眼蒙眬中，她又想起了那个烧书的夜晚，想起了那句"孩子，别伤心了，我们就你一个女儿，爹妈会养你一辈子"。庆幸的是，她没有让父母养一辈子，当着最认真的老师，过着最认真的生活，成了父母眼中的骄傲。

老人的生日

而老人，我还是觉得需要仪式感，至少庆祝一下又坚强地走过了一年。明年，期待明年的今天又能如期到来。

冷空气南下，窗外淅淅沥沥下着雨，能清清楚楚地听见雨滴落窗台的滴滴答答的声音。夜深了，特别的宁静，偶尔有汽车碾过地面的声音，偶尔能听到行人的匆匆脚步声。我则早早地钻进被窝，橘黄的台灯下，整个房间弥漫着黄晕的光，温暖而安详。

今天是老母亲的生日，刚好逢上周日。我早早地吃了晚饭，去超市买了点糕点，包了个红包，前往娘家。母亲好像知道我要去似的，竟然候在门口。见到我就说："我就知道这几天你肯定要来的，你总能记着妈的生日。"母亲布满皱纹的脸笑成了一朵花，我分明感受到了母亲的暖意。我知道，当一切成了常态，那一切也就成了习惯，成了自然。父母亲的守望、等待，对于子女是多么幸福的事。原来，他们比我们更需要存在感、仪式感。

是的，近几年来，每年我都会备本小台历，在拿到台历的第一时间，我都会用红笔圈出我生命中重要人物的生日。

　　我自己的，儿子的，先生的生日，几乎不用特别标记，都会牢牢地镌刻在我的每一年的记忆年鉴上。尤其是儿子，每年都会给他过农历和公历两个生日。

　　我最担心忘记的是四老的生日，即公公、婆婆、父母亲的生日。我清楚，他们的生日是过一个少一个了。况且老人都是过农历生日的，很容易错过，所以那本日历一直放在床头，常常翻看。父亲的生日是农历八月初七，一个非常普通的日子，所幸离中秋比较近了，但还是要特别记一下。如果是周末，我会专门过去，烧几个菜，陪他们聊聊天。母亲、公公、婆婆的生日都在农历十月。公公的生日在十月初三，也快到了，我都会提醒先生，先生就会在周五提前打电话给两老，叫他们家里不用烧饭了，周末全家人像过年一样聚在一起，在饭店吃顿饭。婆婆的生日是十月二十一，以前浦江有十月二十交流会的，婆婆从山里提早个把星期就来城里，一般都住在我们家，到交流会开始时，或给她钱，或陪她上街买身衣服，晚上把先生的兄弟两家叫来，在我家聚餐。交流会结束后，先生他们兄弟三人都包红包给婆婆。那段日子，婆婆天天乐呵呵的，碰到左邻右舍，都会炫耀一番。这样过了一年又一年，四老都已迈过古稀之年，他们健康平安便是我们子女的最大福气。

　　我曾经告诉儿子先生，40岁之后，就不用给我过生日了，应该忘记生日，甚至忘记年龄，才不至于每年提醒你又老了一岁。而老人，我还是觉得需要仪式感，至少庆祝一下又坚强地走过了一年。明年，期待明年的今天又能如期到来。

　　离开时我叮咛两老："明天，女儿有晚自修，你们午饭晚饭都到外面吃，想吃什么，就点什么，就算女儿请客。""好！好！一定听你的。"回望，父母亲还倚在门框目送我远去。

从娘家回来，雨依然不紧不慢地下着，冷风钻到脖子，我却感受不到寒冷，原来此刻我的心是如此温暖。

此刻我躺在床上回忆当时的情景，也不觉嘴角上扬。晚安，爱你们！

取名

名字雅也好俗也好，出名了，有成就了，都变成好名字了。

我相信现在任何父母在给孩子取名字的时候都可谓是绞尽脑汁，经过几经斟酌，几经深思熟虑后才确定。难怪小县城的取名馆总是门庭若市。

我在给儿子取名字时也颇费了一番周折。说实在的，当知道自己怀孕的时候，我就开始着手准备了。先生早就放话，说我是中文系毕业的，当着语文老师，肯定能够给孩子起个不俗的名字。于是我每晚几乎都翻字典，一次次排列组合，最后决定假如是儿子就取"蔚川"，一望无际的原野上草木葱茏茂盛，既大气又意义深刻。女儿就取"蔚羽"，蔚蓝的天空中飘着羽毛般的云朵。我对这个"蔚"字确实情有独钟。

儿子比预产期提早了一个多月脱离母体，生下来五斤都不到。婆婆一直把他揣在怀里。第二天晚上，趁我还没有奶水，母亲把儿子带到了家里。结果儿子整夜哭闹到天亮。母亲担心这个宝贝外孙跟外婆家相克，于是就找算命先生掐了掐，儿子的生辰八字里欠金欠火，多的是土和水，叫我们取名字最好有金和火。而我取的名字里却是水和土很盛的。

我本不相信这个，但既然这样了，心里总有个疙瘩，不信也不行。说实在的，对于"金"字旁和"火"字旁的字，我一向很感冒，但还得费尽心机地凑，结果到孩子四个月了，还"毛头""毛头"地叫，没有个正经名字。没办法，决定拜托大伯父，当时伯父是一所乡村中学的校长，见多识广，老公他们兄弟仨的名字都是他取的。很快名字拿来了，欠金就用了一个"剑"字，欠火就用了一个"炫"，姓"薛"，全名就叫"薛剑炫"，因为"炫"是去声，读起来很拗口，总感觉这个名字太刀光剑影，很没有亲和力。

　　待到报户口时，依据谐音，换成了"健旋"，我首先希望儿子要有健康的身体，然后才能周旋天下。这个名字一直用到读初中。

　　一日，遇到一个朋友，她很相信名字与命运，她还教给我在电脑里怎样算命。于是又是忙乎了各种谐音的排列组合，最后是"健玄"的分数最高。跟先生商量改名，他硬是要把"健"改成"剑"，因为他兄弟的两个儿子的名字中都是有"剑"字的，最后只能是我妥协，毕竟名字只是一个符号，并不能决定命运。听父亲讲，我爷爷的名字还是"花狗"呢，其实是寄托了爷爷的父母亲很深的爱，是希望爷爷能像花狗一样健康地长大。不过说实在的，"薛剑玄"这名字还挺不错的，笔画少，叫起来也响亮，但愿以后儿子不会怨我，嫌名字取得不好，我就因为名字烦恼了一辈子，而且大人的名字又不能随便改。

　　我的父母亲不识字，我的名字是外公起的。乡里人到我家报户口时，胡乱写上了同音的字。读小学了，大概那时报名不用户口本，小学老师就写了"楼丽先"作为我的名字。这个名字一直用到高中毕业。十九岁时，要办身份证了，我真是吓了一跳，档案里竟然赫然写着"楼利香"三个字，"香"是后鼻音，在浦江话里多难叫啊！而我一直对这个名字没有好感，但它必须是我的法定名字。我是个有点怀旧的人，除了迫不得已，我依然用"楼丽先"，只是领稿费时总要多费周折，每次都要盖章证明，所以现在还留着一叠小额的汇款通知单没有领。也曾经好几次问父母亲，我的名字到底是哪几个字，父母亲总是说不出来。外公在我很小的时候就去世了，这个谜也就成为永远的谜了。不过跟古人比，我还算幸运了，古时候的女人都随丈夫的姓，根本没名字。

事实上，名字就是一个时代的缩影，是社会进步的见证。现在班里学生取名字用的很多的是"轩""睿""涵""怡"等。还有的人为了与众不同，取四个字的名字。总之，名字雅也好俗也好，出名了，有成就了，都变成好名字了。

静思流年

第三章

岁月漫长，我们在流年的边沿，静静地思考人生，收获无限感慨。

留几个果子在枝头

那就留几个果子在枝头吧，让这几个橘子渲染秋色，延续秋日，也让我在这深秋多储存点浪漫，好在寒冷季节拥抱温暖和希望。

我家的庭院里种着两棵果树，一棵是枇杷树，一棵是橘子树。

庭院里的橘子树，眼看着它从开出香香的花，结出小小的果，再到大大的青青的果，到现在将黄黄的果傲立在枝头。一年四季如此轮回，在植物身上得到最直观的体现。

我不由得想起苏轼的一首诗："荷尽已无擎雨盖，菊残犹有傲霜枝。一年好景君须记，正是橙黄橘绿时。""橙黄橘绿"正是处于深秋时节，银杏开始由绿转黄，秋风过处，银杏叶飘落，像一只只黄蝴蝶在飞舞。各种菊花在霜寒中开得更加鲜艳，地上已满是黄叶堆积，而我依然如此执着地喜欢着秋天。草木的一枯一荣，生命的一岁一年，人来到世上来一遭，无非就是经历岁岁年年的雨雪风霜。

院子里的橘子树今年结了好多，每天下班回家，我总要伫立在橘子树下，摘下一个最黄的橘子，橘子酸中带甜，吃着橘子，一天的工作疲惫也就一扫而光了。后来先生不让我摘这些黄黄的橘子了，他说，橘子多便宜啊！买几个吃多省事，如此挂在枝头，眼睛看着也是挺好的。而我总认为瓜熟蒂落之时，应该顺应自然，摘下享受美味。看来，我才是个伪浪漫主义者。这棵橘子树已经给我们带来太多的惊喜，前面十年，它只开花不结果。每到春末夏初，满树都盛开了小小的白花，香气扑鼻。橘子树的花香非常好闻，是那种淡淡的有点像栀子花的清香，所以虽然它没结果，但我一直也舍不得砍掉。渐渐置之不理之后，有一年，它居然既开花又结果了，第一年只结了十来个。那时儿子还没外出求学，我们一家人，常常伫立树下，数橘子，好像每次数的数目都不相同。后来越结越多，多得我们已数不过来，不得已会在春天的时候掐掉许多小橘子。而今，儿子外出求学工作，一家三口已经很难聚在一起。偶尔，跟先生对酌时，我会看着橘子树感慨："今年橘子树上长了很多橘子呢！橘子又黄了呢！深秋过去，天可要冷了，这日子过得也真是快！"先生专注地吃着饭菜，静默中只听到饭菜的咀嚼声。然后，我像是自言自语："我就不摘它们了，看能不能留到冬天，可能鸟会来光顾，就给它们吃吧！"先生笑着扒了口饭到嘴里。

那就留几个橘子在枝头吧，让这几个橘子渲染秋色，延续秋日，也让我在这深秋多储存点浪漫，好在寒冷季节拥抱温暖和希望。

每到初夏，5月中旬，家门口的枇杷熟了。黄黄的果实在枝头招摇，诱惑着我："摘我！摘我！"而一年一度的摘枇杷就是每年初夏的一道最亮丽的风景线。

我赶在这场雨前，应该是周四傍晚吧，架起小梯子，颤颤巍巍地爬上去，在能够得着的枝丫上摘了一小篮。味道可真是好啊! 枇杷早已熟透,再加上连续的几天太阳,甜中带酸,带鲜,它会挑衅你的味蕾,我边摘边吃,吃下几十个还不过瘾。过路的,我顺便扔下一串,一起分享甜蜜。摘好后,也会给左邻右舍分一点,共同享受这大自然的馈赠。其实这株枇杷,是名副其实的野生枇杷,记忆中,是儿子小时候随意扔下的一粒籽,而今已长成参天大树。一年到头,连给它浇水的次数几乎也是屈指可数,但它却长大,陪着我们走过了一年又一年。黄色的果实总特别引人注目。杏子是黄的,橘子是黄的,但都比不上枇杷的黄。记起几句写枇杷的诗句。宋朝戴敏的"摘尽枇杷一树金",苏轼也曾形容"枇杷已熟粲金珠"还有"铸成金弹蜜相扶""落落金弹丸",突然惊讶地发现,居然把枇杷比喻成黄金!

此刻,初夏的风还有点微凉,一树的枇杷在夕阳的余晖中,折射出炫目的光。留一些在枝头吧,让小鸟也来尝尝这鲜甜的果实。

一年又一年,这两棵果树带给我们太多的惊喜,陪着我们走过漫长的岁月。

现实和理智的抉择

——再读《平凡的世界》有感

不要怕苦难，要自强自立，勇敢地面对生活。如果生活需要你忍受痛苦，一定要咬紧牙关坚持下去。面对爱情的抉择时，一定要慎重要理智。

路遥的《平凡的世界》终于被编入新教材人教版八年下册的名著推荐书目。

既然要给学生上名著导读，我决定在暑假期间再认真拜读一遍《平凡的世界》。严格说来，在这之前我已经看过三遍了。

我第一次接触它大概是1988年的暑假，那个时候的农村，几乎家家户户的屋檐上都装着广播。每天的5：30是小说连播节目。几乎每天的5：30，我都会雷打不动地掇一把小椅子，坐在广播下如痴如醉地收听。记得当时老被母亲取笑，说我神经病，因为我经常会随着故事情节的波澜起伏或哭或笑，或唉声叹气，或手舞足蹈，或自言自语。每天的半小时，真的充实了我整个暑假。到晚上我都会浮想联翩，猜测接下来的故事情节。可惜一直到最后都没有完整地听下来。

1990年，我考上浙江师范大学，第一个星期就跑到邵逸夫图书馆借了《平凡的世界》。在接下来的几个星期里，我就边看边记笔记，可惜不能在书上记感悟。等我一字一句地把三本书看完后，居然记下了厚厚的一本读后感。

工作后，有一天拿到110多元的稿费，在经过书店的时候想买几本书，当时3本《平凡的世界》是橘黄色的封面，非常醒目耀眼，于是我毫不犹豫地买下了。当它们静静地躺在我书桌上的时候，我每天有空闲都会翻几页。看到精彩处，我会做一下批注或点评。

后来《平凡的世界》被拍成电视剧，每晚我就雷打不动地守在电视机旁，与屏幕中的人物同悲喜，与书中的情节相比照。

现在，再一次地拿起路遥的《平凡的世界》，我的双手依然是那么的沉重。路遥在身体极度虚弱的日子里，坚持着完成了这样一部辉煌巨著。在他写完这本书的最后一个字时，他是那样迅捷地把笔扔向了窗外，双手插入蓬乱的头发，然后躺在书稿上睡了几天几夜，不久后竟长眠不醒。

从报刊中获悉，有关部门最近一次调查显示，长篇小说《平凡的世界》在大学校园里得到的青睐与《简·爱》《飘》《悲惨世界》等巨著一样。它是我国近50年来涌现的大量文学作品中唯一被大学生们视为最喜爱的文学名著。

《平凡的世界》写的是平凡人的平凡事。作者以整个黄土高原为背景，展现了一幅幅反映农村、城市、学校、官场、煤矿等层面的波澜壮阔的画卷。读完《平凡的世界》，耳边缭绕的是那粗犷浑厚的"信天游"，鼻子里闻到的是充满黄土气息的浓郁的风土人情。它告诉我们身处逆境时仍要不屈不挠，在任何时候都要坚强、乐观、正直地生活于这个世界。

《平凡的世界》中的爱情描写，更是别具一格。作家自始至终用现实和理智的手法来处理几对主人公的命运。孙少平和田晓霞按理说是最般配的一对。当田晓霞向少平讲述《热尼亚鲁兔采娃》的故事梗概时，读者就会产生一种预感，一丝阴影，这个故事的结局会不会是他们两人的最终结局呢？他们俩并非"有情人难成眷属"，而是他们之间更适合一种至高无上的精神恋爱，才能达到相互的思想补充。于是后来少平拒绝金秀的爱也就顺理成章了，而最终选择惠英嫂更是水到渠成。孙少安和田润叶的爱情又何尝不是如此呢？少安不是不爱润叶，而是他知道他俩并不适合，他也就毅然决然地选择了秀莲一起过实实在在的农村生活。很明显，贯穿全文的始终是理性的思考，是一种根植于土壤的现实。

不要怕苦难，要自强自立，勇敢地面对生活。如果生活需要你忍受痛苦，一定要咬紧牙关坚持下去。面对爱情的抉择时，一定要慎重和理智。这两点是我再读《平凡的世界》的最大的收获吧。

如果有空，请静下心来读读《平凡的世界》吧！

旧衣感慨

其实有些衣服一直舍不得扔掉，以为第二年还可以穿，但却一直安静地蹲在衣柜一角。

好像已经是惯例，每年总要至少两次整理换季的衣服。五月份劳动节时，天气一天天地热起来，我就把垫被抽掉，清洗好草席、篾席，将厚重的棉被换成薄的被子，而且得逮着大太阳抓紧晒好，收藏好，否则遇上梅雨天就糟糕了。一冬积下的衣服，大衣、羽绒服之类的得抓紧拿到洗衣店。棉袄、棉毛裤都得晒干并收好。所有夏天穿的衣服又倒腾出来。十月份国庆节后，刚好相反。

衣服每年都买，等到要穿时，总觉得没衣服穿。等到收拾衣服的时候，你才发现很多衣服几乎没怎么穿过，就束之高阁。每次整理衣服时，都会痛下决心，再也不买衣服了，这么多的衣服哪里穿得完啊！拿着一件件衣服，总要抉择再三，这件衣服明年能否再穿。其实有些衣服一直舍不得扔掉，以为第二年还可以穿，但却一直安静地蹲在衣柜一角。有时候想，现在如果有衣服能够被穿破，那真是太幸运了。说实在的，现在如果能穿上打了补丁的衣服，那一定是最时髦的。在艰难取舍后，每年都会淘汰掉很多的衣服。想当初，这些衣服也是很贵的，现在几乎都还有八九成新，却要扔掉，真的怪可惜的。于是，脑子里极力搜索，有没有农村里比较穷的亲戚？这些衣服是否可以送给他们？而送旧衣服时，我总要仔细揣摩会不会伤了他们的自尊心。

值得欣慰的是，从去年起家里请了个钟点工，她的个子跟我差不多。我想她总会要的吧，但依然不敢贸然给她。有一次，我挑出一袋比较好的衣服，先放一旁，有意无意地跟她聊他们老家的生活情形，聊她的亲戚。然后找机会说，这些衣服原本是扔掉的，你可以去挑挑看，如果好的话可以捎去，送给你们的亲戚。如果不好，就当垃圾扔掉吧。庆幸的是，第二个星期过来，她穿了我送的衣服。我由衷地说了一句："小菊，你的身材跟我一样，衣服很合身哦！""老板娘（一直叫她改称老师，她都一直改不了口），谢谢啊，你们的衣服质量都很好，穿着也很舒服。"听她说完，我心里也坦然多了。

"衣食住行"这四大样，衣服放在首位的。而女人衣柜里永远少一件衣服。女人很少能挡住漂亮衣服的诱惑。那天偶然看见一篇文章，说少买一件衣服，少扔一件衣服，多穿旧衣服，尽量将旧衣服捐赠出去，你就是环保贡献者，举手之劳，也成了低碳一族。于是我也就自作聪明，就当废物利用吧。积了太多的旧的羽绒服，掏出羽绒，到现做羽绒服店里，做成一件羽绒大衣。棉一类的衣服穿旧了破了，拿去给婆婆，婆婆做成尿片。所以我家那小孩、两个叔叔的孩子很少用纸尿裤。有像样的衣服我就收着，到老家给村里一些外地来打工的人家。有时候，我也暗自庆幸，幸亏我不是美女，身材又不"魔鬼"，少逛几次街完全可以。在家就穿家居服，坐在电脑前很悠闲自在，所以就让我坦然地做个"知性美女"吧。

收拾衣服还收拾出这么多感慨来。

对于老年食堂，有人欢喜，有人舍弃

对于老年食堂，有人欢喜，有人舍弃。欢喜也好，舍弃也罢，都有各自的理由。

我的父亲母亲都已到耄耋之年，他们都断断续续吃过老年食堂。下午，我专程去向两老了解了一下老年食堂的具体情况。

娘家村是个很大的行政村，所以村里就办了食堂，烧饭的是一对夫妻，外地请来的，再请我们本村的一个村民负责买菜送餐等。75周岁以上的村民可以享受老年福利餐，只要你每天交两块钱，一天可以领到午餐和晚餐。午餐一般一荤一素，晚餐一星期不会重样，或馒头，或包子。面条、粉干、饺子、年糕等是半成品，你可以领一份，自己回家再加工。有时候会发两包方便面或两个面包。一般午饭十点多钟就烧好了，装在统一的编了号的不锈钢保温桶里，然后送到各个发放点。老人们有力气的一般自己去领，不能出门就叫子女或委托别人带一下，一般不送餐到家。如果你有退休工资，可以享受老人餐，每天要交四元钱。老人到90周岁以上就可以免费领餐。所有的成本加起来，每个老人的伙食费，政府至少每天要贴6~8元。

这么便宜的伙食，按理说老人们应该趋之若鹜。但是村里还是有近一半的老人不去享受这福利，去吃的更多的是丧偶的，或行动不便的。一般身体还康健的老伴双全的，自己又种着一点蔬菜，每天在厨房里劳作一下也权当锻炼身体了，更何况那毕竟是大锅饭，哪有自己烧的美味？像我父母，我们几个子女也不喜欢他们去老年食堂吃，一方面固然担心菜品单一、营养不够，另一方面，更希望父母能有闲心和余力去逛逛菜市场和超市，让厨房多点烟火气。我们子女回家，一起做顿饭，更有家的味道。有时候他们觉得烧饭麻烦，也会交点钱去吃一段时间，自己偶尔会另外烧点菜。

对于老年食堂，有人欢喜，有人舍弃。欢喜也好，舍弃也罢，都有各自的理由。唯愿老年人都能老有所养，老有所依。

学会等待

要学会等待，等待也许是煎熬的，但更是考验和期待。

周末到父母家去，只看到在厨房里忙碌的母亲。父亲正在田里翻地，我看午饭还早，也就溜达到田野里。田野里都是翻地的老农民，春阳铺在黑土地上，嫩嫩的青草闪着亮亮的光。父亲已经脱了外套，正抡起锄头翻地，空气中混着新翻的泥土味。

"爸，好想早点吃到玉米啊！"我蹲在地上对父亲说。"每个作物都有个成长的周期，你急不来的，要学会等待，而且并不一定耕耘下去就会有收获。"父亲边敲泥块，边说。

要学会等待啊！等待已经成了生活中的常态。

我不由得想起去年种辣椒的经历。

种在庭院里的辣椒已经给我太多的惊喜。每次炒菜我都会摘几个新鲜的辣椒，辣的调味，红绿不辣的调色。也学着北方人的样子，用线串起几串红红的辣椒，挂在墙壁上，远远望去，像小小的红灯笼，煞是好看。

其实，我是第一次在庭院里种菜。朋友们建议，辣椒最好种，于是，靠东边墙壁的花圃上种了六株，一般它们只能享受上午的阳光。靠西边墙壁的花圃上也种了六株，它们享受中午和下午的强烈太阳光。西墙的泥土全部用的是专门从网上买来的营养土，而东墙的泥土是好多年前种过树和水果的旧土。

但结果却大相径庭，东墙的辣椒按照原来的步骤一路抽枝开花结果。辣椒真的太多产，好像一夜之间挂满了枝头，压弯了枝条。而东墙的辣椒虽也枝繁叶茂，却只开花不结果。

这可是我在同一家苗圃上买的同一时间栽下的！

我百思不得其解，我问百度，百度也模棱两可，最合理的解释也许就是没有蝴蝶、蜜蜂授粉，这可是在同一庭院啊！难道昆虫们也只识东方不辨西方吗？

到过我家的，我都拉着他们请教，诘问原因。有人说，西山日头太大了，晒的。但叶子明明很茂盛啊！有人说，西边的阳光可能不利于植物生长，或是泥土太肥了，辣椒承受不起。

有一天老父亲来，我又忙拉着他求教。父亲当年可是生产队长，样样农活拿得出手。

父亲蹲下来，仔细瞧了瞧，顺便掰开树枝细细端详。然后说："孩子，你这么着急干吗呢？你要学会等待啊！花开得有迟早，结的果更是有迟早，我种的那一片玉米地，也是如此，你不要整天盯着它们看。我相信这辣椒一定会长的，说不定会后来者居上呢！"

哦！知道了，在结果之前，要好好地学会等待。

于是每天上班下班，不再为了没有结果而揪心，甚至也懒得理它们。连日的梅雨，倒是使这些植物更加郁郁葱葱了。那天傍晚，趁着难得的雨停之际，我蹲下身，扒开叶蔓，居然发现长了好几个果包，忙翻另外几株，也都露出了好几个尖尖角，顶头还顶着一小根细长的须。我真的高兴得一蹦三尺高，终于等到云开见月明了！

那几天正是中考结束等待分数揭晓的日子。我几乎每天都会收到好几个家长和学生的电话和短信，都是焦急的语气，楼老师，什么时候会知道分数啊？等待真的是太折磨人了，我们一遍又一遍地估分数，越估越低了，这个志愿又不能改了，真是度日如年，煎熬啊！甚至有几个学生想把语文答案回忆出来，让我给他们认真改一遍。我都很坚决地拒绝了。我只是告诉他们，要学会等待，等待也许是煎熬的，但更是考验和期待。

人的一生中，要经历无数次的期待。印象最深的是 20 世纪 80 年代末经历的第一次等高考成绩发布的日子。其实，我知道考得并不如意。但依然充满了幻想，万一运气好，我的作文入了改卷老师的法眼，给高分了呢？也许今年录取分数线很低，我刚好够到了呢？至少在不知道分数、等待的日子里，父母亲虽然每天会一遍又一遍地问，我依然可以若无其事，甚至偶尔哼几句歌，让他们兴奋一下，以为我是考得不错的。而且，在等待的时光里，责骂是不可能有的。现在回忆起来，其实等待的日子是蛮有乐趣的，也只有在这几天，我们可以开开心心偶尔放纵一下，因为前路还是个谜，任我们可以张开自由肆意的翅膀，在未知的世界里大胆设想，任意驰骋。气球在没有爆炸前，就让它张扬且华丽丽地美一阵子，又何妨呢？

慢慢地，随着岁月的沉淀，我更加学会等待了。等待结婚的日子，等待儿子出生，等待父亲做完手术，等待一年一年的光阴溜走，然后也慢慢地学会了淡然。无论结果好坏，今天依然会过去，明天太阳依然会升起。

此刻，我们就好好地学会等待吧！在等分数揭晓的日子，在等录取通知书的日子，在等待开学的日子，在等待所有未知的日子，让自己的心沉静下来，找点事情做，或看书或写作，或聚会或旅游，或去完成以前没有完成的心愿，那么等待就会更加有意义。

心中有梦不认命

"咬定青山不放松""心中有梦不认命"，从不被理解到渐渐被大众接受，其间我们不知道经历了多少曲折，但我们还是一路坚持下来了。

清清楚楚地记得那一天，那天是 9 月 10 日，是教师节。我们学校有盛大的教师节庆祝活动，学校也提供丰盛的免费午餐，但我还是上完第一节课后，随作家代表团走访了工业园区的几家知名企业。

我们先后走访了晶迪水晶有限公司、温馨家纺工艺厂、龙翔工贸有限公司。这三家公司都非常"高大上"，都有属于自己的独特的企业文化。而给我印象最深的是龙翔工贸有限公司，也许是因为我跟这家公司的老总同桌吃了饭，近距离接触过，也许是因为他传奇的创业经历，更也许是因为他来自西部山区杭坪镇的一个山沟沟。

因为大家各自开车，我一个人最早到达位于平七路万洋众创城新园区，龙翔工贸有限公司独立的高大气派的一幢大楼屹立在初秋的暖阳中。我穿着红马甲，电梯旁一位热心的小帅哥同我打招呼，并刷卡提早让我上楼。于是，我一个人上了办公楼层，刚出电梯我迎面碰到一个穿粉色 T 恤，体形微胖，但脸上笑眯眯的工作人员，后来才知道他就是公司的老总金建明先生。我微笑着问："你好！能告诉我你们的洗手间在哪儿吗？"他用手指着前方说："你一直朝前走，走到底就看见了，你随便逛逛，我先下去接下客人。"

我很顺利地找到洗手间，洗手间非常干净。然后我四处溜达，在大厅的角落，我居然发现一个吧台。放着一个咖啡机，边上放着矿泉水、可乐和牛奶，我顺手拿了一瓶牛奶，打开喝。大厅很大，员工们正安静地在电脑旁工作着，我忙放轻脚步，担心我的脚步声打扰到他们。大厅朝南的一边是窗户，阳光正透过窗户，铺满大厅的一侧，闪着炫目的光。另一边就是一间间隔开的办公室，应该是一个个部门的领导的。我最关注的是有一间办公室，严格意义上说，不是办公室，而是一间休闲室，有比较考究的茶具，还有报纸杂志、沙发，感觉布置得非常的温馨，我不由得非常羡慕这里的员工。这里的墙壁真的会说话，我也不由得踱步过去，伫立在墙壁前品味一番。大厅的东西墙壁上的两幅标语非常引人注目，"咬定青山不放松，誓夺百团开门红""心中有梦不认命，全员百团一条心"。我不知道他们到底是在打什么"百团大战"，感觉有点抗日战争时期的那种紧张的味道。标语下方，一边是各种中英文对照的品牌介绍，一边挂着世界地图和中国地图，标注红色印记的是他们的产品所涉足的领地。

"心中有梦不认命"我正念叨着，刚好一个员工从我身旁经过，我忙拉着他介绍。他说："这句话几乎是我们金总的口头禅，我们金总传奇的创业经历，三言两语也说不完。我们金总出生于 20 世纪 70 年代，他说他小时候还有自己孩子这一代，用的都是用旧被子、旧汗衫、旧衣服做成的尿布，脏了洗，洗了再用。虽然麻烦点，但小孩子舒服啊！最重要的是污染少啊！于是，他萌生了设计可洗布尿布的想法，'快乐笛'成立于2009年，我们一直秉持绿色、健康、时尚的理念，致力于以合理的价格和可信赖的品质，为顾客提供高品质的婴儿产品，都是健康环保纯手工制作的，可以反复循环使用。我们的企业愿景是成为全球母婴知名品牌。我们现在的销路主要是在国外，中国的年轻父母太追求快餐化了，他们更愿意用一次性纸尿裤，我相信随着环保理念的增强，国人也会渐渐地转变理念，接下来金总下达指示，要我们努力开拓国内市场。对了，那里有个展厅，你可以去逛逛，我们的产品基本有展出。"

于是，我们转到产品展览厅。大厅的中央，放着一张婴儿床，一个布娃娃安详地躺着，微笑着，她好像在找人逗她。这床的旁边挂着一排产品纱布毯，我摩挲了一下，手感非常好。墙壁上一格格的小格子间陈列着各种婴儿用品，好像一个个笑容可掬的婴儿在向我们招手示意，用龙翔的产品，我们可舒服了。还有一面墙壁上展出的是各种造型的宠物的窝，这些温暖舒适的宠物的巢也好像婴儿的摇篮，我好像看到了小猫小狗正在安睡。

吃午饭的时候，有幸与金总坐在一起。金总话不多，看上去还有点腼腆，我只能用低调两个字来形容。心甘情愿低调的人或不为人所知，但他们反而能踏踏实实地做自己喜欢的事，他们生活在自己的世界里。我想只有真正自信的人才能低调和安于低调，才能充分地享受和品味日子，活得心平气和，安稳又踏实。一旁的销售部经理倒是能说会道，他说："我们金总的业余生活可丰富呢！你去东山公园的话，你经常可以看到他的身影，东山公园的排练场是我们金总所在的浦江乱弹传习所。婺剧和浦江乱弹是金总的两大兴趣爱好。平时他还经常和团队下乡演出，弘扬婺剧文化，传承浦江乱弹，用这种喜闻乐见的方式做着宣传浦江的工作。他也经常登山，很享受征服的感觉，更享受'会当凌绝顶，一览众山小'的感觉。"金总接过话茬说："我有一帮得力的干将，他们做事，我非常放心。"说着，他拍了拍兄弟的肩膀。我忽然明白，龙翔工贸有限公司之所以能在浦江的外贸行业中崭露头角，因为在金总的带领下，一个凝聚力很强的企业团队诞生了。

"咬定青山不放松""心中有梦不认命"，从不被理解到渐渐被大众接受，其间我们不知道经历了多少曲折，但我们还是一路坚持下来了。是的，我们不给自己找任何借口。我们只有做到努力再努力，不自怜，不自欺，不放纵自己，守望初心，才是我们龙翔人对自己专业和梦想最大的尊重。金总的话掷地有声。

临别时，正值中午，烈日当空，金总握着我的手说："我们会不断接受挑战，人生没有逆袭，只有不断前行。楼老师，欢迎你常来看看。"

相信你，金总，祝福你的企业如日中天！更相信你和你的龙翔工贸有限公司一定会越走越远！

山区工作的那五年

山区工作的那五年，是我人生当中最快乐的一段时光。

明年 2 月，我可以正式办理退休手续了，三十多年的教书岁月，从山区到平原再到城里，最难忘的是在山区工作的那五年。

"五一"假期，朋友圈晒得最多的是摘野果。在田埂、小山坡、溪流附近，会有一丛丛一片片的带刺野生植物，长着许多红色的小果子。据说，她的学名叫"蓬蘽"，浦江的方言叫"葛工""麦衣"。味道酸酸甜甜，非常好吃。

印象中，我童年时好像从没吃到过如此好吃的野果。我私自给它取名叫"野刺莓"，我觉得"野刺莓"最合理，谁摘它时，不被刺几下呢？

我第一次吃到这酸酸甜甜的野果到底该是什么时候呢？我生在平原，长在城里，家里也没有任何山里亲戚，那时候，交通也没有像现在这么方便，放假时，一般都固守在方圆几里的家的周围。我可以确定的是，这最早的酸甜记忆应该是我分配到山里工作时。

1992 年师范大学毕业后，我被分配在西部山区的一所中学。家与学校之间隔着一条长长的陡陡的杭口岭。那时的山里山外真的是两个世界。记忆中，每个星期天下午，扛着一袋米，拎着一袋生活用品，背着一个背包，坐三轮车到上皇殿，然后坐公交车，历经一个多小时，近乎悲壮地离开家去上班。周六下午（那时还没有双休日），收拾好几只空袋子，又转两趟车，欢欣地回家。到家时母亲一定会在家门口候我。那时夜幕刚好降临，斜斜的夕阳照在母亲身上，特别温暖炫目。母亲总会在门口接过我的包，说："孩子，辛苦了，饭好了，爹已经在饭桌上等你了。"父亲总在饭桌旁笑眯眯地看着我走进家门。桌上碗筷已摆好，饭菜正冒着热气。我一直很纳闷，父母怎么能把我到家的时间候得那么准呢？彼时，两个弟弟都已在杭州读大学，父母还未年迈，他们一星期最大的盼头就是周末女儿能回家来热闹一下。

山里教书生活单调乏味，学校坐落在一个小山坡上，夜幕降临时，除了学生的嘈杂声，没有任何城市的喧嚣。当学生就寝后，一年四季的天籁周而复始地奏响。春天真的是一首繁杂的交响乐，蛙鸣鸟叫虫唱粉墨登场；夏天是一首激越的二重唱，蝉鸣和蝈蝈叫是主旋律；秋天，是一首曲弦乐，是晚风碰触树叶的沙沙声，是秋风扫落叶的哗哗声；冬天，是一支纯粹的轻音乐，是雪落枝头的嗡嗡声，是寒风敲打窗棂的呜呜声。

在山区的这5年，是我最美好的青春岁月，生活简单纯粹，我看书，写作。我单纯地爱着我的每个学生，单纯地教着我的书。

记不清是哪一天，一个同事拿着一张20元的汇款单兴冲冲地走进我宿舍。他递给我时眼睛里满是羡慕，说："楼老师，你真有本事啊！会写文章赚稿费了。"当时，我的工资不到200元，这20元稿费还真是挺沉甸甸的。这是我工作后，在《金华日报》上发表的第一篇文章。可惜文章找不到了，只记得题目叫

《满天星和启明星》，内容是写我和学生的，是写在方格纸上投稿的。庆幸的是，后来一直没有丢下笔，只是一次次领到的稿费再也没有像第一次这样让人欢欣鼓舞。

那时，我们的宿舍是一排平房。每个周日下午回校，窗台上总有意外的惊喜。一碗野果，一小篮桑葚，一瓶咸菜，甚至是几个包子几块发糕（那时山里时节多，包子、发糕是待客的必需品），孩子们从不写名字，回到教室，我看孩子们的脸色，总能猜得八九不离十。每次我都喜滋滋且心安理得地接受。20 世纪90 年代初的孩子们真的苦，住校一星期，吃一个星期的菜干咸菜。每星期，我都会炒几次菜，端到学生寝室，跟孩子们一起吃晚饭。谁突然生病了，我送去卫生院，先贴上医药费。周末回家，经常拿几件弟弟们穿剩的衣服，给几个甚至有点衣不蔽体的学生。我有时感慨，讲给现在的学生听，他们总觉得不可思议，但孩子们，这些事真真切切地发生过啊！

秋天了，果实真是多啊！孩子们好像很懂我的心思似的。家里的梨、橘子、桃、杏等不敢偷偷地带（其实我敢肯定，他们如果告诉父母带给楼老师的，他们的父母肯定要拿只大袋子屁颠屁颠地装了），他们喜欢自己去摘，去采。比如摇下外面满是刺的栗子，山上采来还硬邦邦的野猕猴桃，下水塘摘菱角，摘莲蓬。还有爬上光秃秃的柿子树摘几个柿子。也许他们觉得我这个城里人喜欢的就该是这些山里的野货。我也一直奇怪，那时的孩子那么野，上山下水，每星期走十几里的山路，也很少出现安全事故。也许，越宝贝越容易出事情。

当有一天，孩子们看到我将从山野中采来的野花养在花瓶中时，我的窗台更加热闹了。尤其是春末夏初，梅雨季节时，小朵的山栀花、大朵的栀子花堆满窗台。我小心翼翼地先推开半扇窗，那栀子花的清香钻进鼻子，我不由得闭上眼睛好好享受这股清香。那时，我居然有胆量别一朵栀子花在我的马尾上，大摇大摆地进教室，一路清香飘在校园，飘进教室，孩子们窃窃地笑，不一会儿，肯定有几个女孩也会插枝花在羊角辫上。绝不会有任何男同学笑话她们，因为我们楼老师都戴呢！

还有叫得出名的野菊花，黄黄的，白白的，养的时间也特别长。其他的野花，我也就叫不出名了，不过有个共同点，花朵都比较小，一大束插在花盆里倒也挺耐看的。现在，我偶尔会去买百合、玫瑰、雏菊等插在花瓶里，看到它们总会怀念起那段插野花的岁月，现在我的生活已沾染上太多的世俗气、富贵气，我除了怀念，还会有什么呢？

这野果、野花曾经带给我太多的野趣。现在想来，那野果的酸酸甜甜的记忆就是从那个时候印上的。

山区工作的那 5 年，是我人生当中最快乐的一段时光。我不禁想问一声，我曾经的孩子们，你们现在可好？

温暖的路灯

　　像我这种起早摸黑上班的人，门口的这盏路灯带给了我太多的温暖。而这温暖传递给了更多的人，我觉得真是太值得了。

　　我家的这盏路灯，指的是装在庭院门楣上的一盏灯。一般的人家，只是晚上进出或有特殊用途的时候开一下，如果整晚开到天亮，只会是过年或办喜丧事的时候。而我家的这盏路灯，每晚都亮到天亮。

　　严格地说，这是我家先生装的一盏感应灯。它会随着天的黑暗度自动开启，冬季一般下午五点自动亮起，早上七点半自动关灯。

　　先生是个电子产品爱好者，我家的灯都有一个遥控器，开几盏，关灯开灯，按一下键全都搞定，我啥都不懂，也不问，只单纯享受着这种便利，但偶尔高兴了我会由衷地甚至近乎崇拜地夸张地赞许先生几句。他自然是高兴的。门口的这盏路灯，本来也是用电的，因为我俩上夜班的时间多，经常会忘记关，所以灯会一直亮着。我偶尔会抱怨，这无谓的浪费也挺可惜的。

　　有一天周末，我看先生一直在鼓捣这盏灯。晚上，我们一起从外面回家，我习惯性地要关灯。他说："以后你就不用管它了，让它整晚亮到天亮。""那不行，即使每天半度电，长此以往也是不小的数字。""你就放心吧！这很省电的，我用的是太阳能，没太阳的时候耗点电，而且我设置了自动开关。我们家在路口，大家进出也方便，再说你的车就停在门口，就不大会刮擦了。"我不由得赞叹："老公同志，你真厉害！"他居然露出得意的表情。

第二天，我一开庭院门，隔壁老盛嫂子对我说："楼老师，昨晚你又忘了关灯了吧！路灯一直亮到天亮。""没事，以后就让它整晚亮着，白天它会自动关的，我家那位说很省电的。""那真是太好了。"老盛嫂子笑着赞许道。我一到学校，另一邻居黄姐又电话来了，说昨夜班回家，你家的路灯一直亮着，给我壮胆了呢！是不是昨儿忘关了呢！我又是一番解释。

几天后，邻居们都知晓了。天气冷了，邻居们不跑江滨锻炼了，都喜欢在门前小区路上来回走，这盏路灯还真立下汗马功劳。无意间地帮助别人，却能如此地快乐自己，感觉还真是不错。

忽然想起另一盏路灯的事。应该是好多年之前了，后门要装公共路灯。那天应该刚好是周末，我刚好在家。我听到后门吵吵闹闹的，原来隔壁邻居都不喜欢把灯装在他们的墙壁上，嫌太亮，嫌招飞虫蚊子。见我打开门，电工问我："装你家可以吗？"眼里满是恳切。我说，我得问问我家家长。打电话给老薛，老薛马上说，可以呀，我们后半间是书房，又不睡人。再说，装了多亮堂啊！小偷都不敢来了。于是，这盏路灯就装在了靠近我们二楼的墙壁上。晚上，我到书房去，书房真的亮堂堂的，我找开关非常方便。也真神奇，自从装了这盏路灯，我家从来没有小偷。

　　像我这种起早摸黑上班的人，门口的这盏路灯带给了我太多的温暖，而这温暖传递给了更多的人，我觉得真是太值得了。

喊嗡

　　我也会一直记得，在瑞丽，我有个在火车上认识的萍水相逢的朋友。

　　我从云南回来，第一个念头就想写一下"喊嗡"，她是瑞丽人。

　　"喊嗡"是我在保山到大理的火车上认识的，那天的火车很空，整节车厢没坐几个人。她那一排三个座位都坐满了，除了她，还有个年纪相仿的女的，她们两人在监督坐在窗边的小男孩写暑假作业。

　　后来，她在火车上买了零食，夹心海苔。她打开封口自己掏出几片后，递过来，叫我吃几片，说挺好吃的。在火车上，我一般不吃陌生人递过来的食品，但那天除外。我大大方方地拿出几片吃了，然后开始聊天。她说他们是瑞丽人，瑞丽被封了整整3年，终于放开后，趁暑假带孩子来旅游一下。我对瑞丽一直很好奇，好多年之前看过一部电影，讲中缅边境的一些恐怖分子的。我随口问了一句："瑞丽安全吗？缅甸人是不是经常来？"她笑着说："安全着呢！没有你们外面人说的那么恐怖，瑞丽市是我国通向东南亚、南亚经济圈最为活跃的经济区域之一。我们的西北、西南、东南三面与缅甸毗邻，村寨相望。我们以前到缅甸很方便的，都有边境证的，没事就会到缅甸遛一通。"我注意到她手腕上的那只翡翠手镯碧绿透亮，她说这手镯就是缅甸买的，很便宜的，才500元，戴了很多年了。"加个微信吧"，这回我主动说的。她马上拿出手机。"微信名就是我的真名，我叫喊嗡。""怎么取这么奇怪的名字？"我翻着她的朋友圈说道。她笑了，说，她是傣族的，傣族、景颇族等少数民族的名字跟你们汉族不一样。

　　很巧，她也是个老师，教小学的，比我小一轮。我问她，你每个月能领到多少工资？"八九千吧！""这么高？跟我们浙江差不多呢！我以为你们才两三千呢！你职称肯定很高吧！""副高吧，就是中学高级，现在工资五级，我们有乡村补贴，少数民族补贴的，我们瑞丽消费很高的，物价比昆明还要高呢！"我由衷地称赞道："你好厉害，这么年轻就是副高级职称了，真的很优秀。""你的孩子上几年级了？"我问。"哦！那不是我的孩子，是我妹妹的，我没结婚，我们家就姐妹两个，我妹也是招了上门女婿，我们住在一起。一开始，父母亲也着急，也催我，现在也随我了，婚姻本就随缘，他们也觉得只要我幸福就行了。"她很健谈，聊天时一直看着我的眼睛，很真诚，也很亲切，但又透着一股坚定。她还热情地邀请我，有机会一定要去瑞丽旅游，瑞丽是很多少数民族聚居地，很有少数民族风情的。对了，南明永历帝朱由榔出滇入缅避难，经过我们的勐卯，勐卯在古代可是个小王国，勐卯安抚司提供永历帝粮草，后来清军士兵，应该是顺治帝时，抓捕了朱由榔，对了，百度上都可以查到的。你来的话，一定要联系我，我带你四处玩。她娓娓道来，我很认真地听着。然后，我也说，欢迎你到浙江来，到天堂杭州来。虽然，我知道这样的可能性几乎为零，但假如将来的某一天，她真的联系我，我也一定会热情地招待她，相信她也是这么想的。快到大理了，我们开始各自整理东西，几个小时的无聊之旅变得很短暂、很愉快。

"喊嗡"一直静静地躺在我的朋友圈里，她很少发朋友圈，偶尔会给我点个赞。我也会一直记得，在瑞丽，我有个在火车上认识的萍水相逢的朋友。

好邻居

但愿那时，我们都健康，我们依然是"好邻居"。

我一直舍不得搬家，更舍不得换房子，不是因为我现在住的房子地段有多好，而是因为我有一群非常好的邻居。

俗语说得好："远亲不如近邻。"我们这里前后共两幢房子，后一幢是前庭院，前一幢是后庭院，住着 18 户人家，是 1998 年一起造就的房子。他们前一幢靠近文宣东路，故门牌号是文宣东路几号，我们后一幢门牌号是望江新区几号了。其实，前后不过相差一个过道，但我们也常打趣，我们可不是同村的。

"好邻居"其实是我们微信群的名称。谁家有事，更抑或有好吃的，就会在微信里喊一声。一大早，老杨就会在群里喊："有一起去买菜的吗？快报名！"然后就相约着一起去菜市场。基本都是家庭主妇，买菜非常有一套：哪个摊位的摊主守诚信，菜也最新鲜；肉鸡蛋都固定在某个摊主；怎么挑黄瓜、茄子、苦瓜，土豆等各色蔬菜；该怎么配菜，怎样烧起来味道最好。我每次跟着她们一起去买菜就会收获很多。还有买水果，苹果要买丝条清晰点的，香蕉不能买方方的，香瓜要看底部的蒂圆圈大点的。这真的是实践出真知。我是老师，她们都趣叫我"书呆子"，啥都不懂，老被小摊贩耍。我自己倒没什么，他们倒是很替我抱不平，于是每次买菜都倾囊相授，拼命传授经验。渐渐地，我也离主妇的距离越来越近。

除了大热天，我们经常会举办邻居节。我们一起包饺子，烫麦饼，煮米筛粑。陈姐家的庭院里支着一支大铁锅，主妇们一起动手，男人们负责烧火，大锅里烧出来的食物还真是美味。印象最深的是有一次大锅里烧了一大锅豆腐煮饭。几斤筒骨，煮它个几个钟头，待煮成牛奶色，然后再倒入芋头，剩饭，继续大火煮。最后放入豆腐渣，放入各色调味品，放入咸菜，用力搅拌，以防粘锅，出锅前撒入一把葱花。在庭院里摆上一桌圆桌，大家围坐在一起，边吃边海聊。那种快乐简直连神仙都要嫉妒。

晚饭后，相互吆喝一声，就三五成群地去锻炼。我们锻炼的方式很简单，就是走路，走翠湖。路上总是有聊不完的话题。当然，聊最多的还是孩子的教育、前程和婚嫁、养生，一天就这样开心地过去了。

某家的太阳能水漫出来了，谁就会去关掉他家的总阀门。

谁家的空调机大白天嗡嗡响个不停，如果知道他们全家都去上班了，就一定会打电话告知。

谁家的老人或亲戚来家，没有钥匙吃闭门羹，只要邻居碰见，就会请进门，并马上打电话传达。

如果谁只有一个人的晚餐或午餐，你走到任何一户人家，定会递上筷子，叫你坐下，只是吃顿便饭而已。

端午节时，隔壁邻居会早早地包了粽子，一大早送到我家，做了包子，烧了麦饼，也一定会热腾腾端过来。

我则教教他们的孩子如何写作文，偶尔教他们如何用手机和电脑。

邻居之间不是没有矛盾，但是在众人的几句玩笑话下，又和好如初。已经近 20 年的老邻居了，每天抬头不见低头见的，彼此都知根知底，大家都一笑泯恩仇，我们又是"好邻居"。

在杭州住了几天，楼上楼下的人都不认识，每天关在房间里，我犹如被关在监狱里。我就迫不及待地回来了，因为这里有我的"好邻居"！

渐渐年迈后，我们一起养老，一起旅游，一起做着我们喜欢的事。但愿那时，我们都健康，我们依然是"好邻居"。

葡萄美酒水晶杯

葡萄美酒水晶杯，畅饮友情早邀约。醉卧果园开怀笑，千古快乐能几回？

今年的梅雨季好像特别的长，到 7 月中旬，空气里还弥漫着潮湿的气味。风吹到脸上，一层似有似无的雾气笼罩着全身。湿度虽然不是很大，但在风雨欲袭前，依然闷热难耐。假如在傍晚，在下了一场透雨后，天边却是湛蓝得可爱，偶尔会横跨着一条彩虹。落日的余晖铺照在一人多高的葡萄架上，映照着还带有水珠的葡萄上，折射出绚丽的光芒。

就在这样的一个黄昏，我来到了浦江的葡萄基地黄宅镇曹街村。路两边，隔一段距离，就有一个简易的摊位，一把遮阳伞下，竹筛上摆放着一串串晶莹剔透的葡萄。

"来，尝尝看，我们这葡萄可鲜可甜了。"待我走近，摊主马上递过一串。摊主是个大概五十来岁的中年妇女，皮肤黝黑，但那笑容格外灿烂。我也好像来到了自家婶子和阿姨家，毫不客气地坐下来，摘下最亮的一颗，从蒂部周围剥掉一圈皮，然后用大拇指和食指一搓，嘴巴一吸，葡萄肉就滑到了嘴里。"好甜哦！"我咂咂嘴，不由得由衷地赞叹道。"大姐，给我装几箱，我今天要开同学会。我带一些去给我们那些馋嘴猫吃。""好的，好的，那可要摘最好的。来，跟我一起到田里去。"说着，她就拎起一只竹篮，递给我一把剪刀。雨后的葡萄园里，很是泥泞，我穿了一双高跟凉鞋，没法下地。只能拿着剪刀在园周围摘了一些。"大姐！要摘最好的，这可关系到我们浦江的声誉。"我站在田埂上喊道。"放心好了，你在那里尽管吃葡萄。"只有声音传出来，却看不到大姐的身影。摘好后，大姐还把葡萄做了仔细的修剪，这样串串几乎都是精品。

在这样一个美丽的黄昏，我车里装着十几箱葡萄来到了衢州。20年前，1990年的9月，我们跨进浙江师范大学的校门，我们有缘相识相知。20年后，2010年的7月，我们相聚瞿江畔，我们有幸相约相会。我们这些师范大学的毕业生，现在绝大多数还驰骋在教育的沃土上，很多已经硕果累累，如今，教师已经成为令人艳羡的职业。盛夏的暑假更是我们的天堂。晚上，我们欢聚一堂，俞团委书记提议每人上台发表20年感言。岁月真是造人啊，曾经的木讷腼腆的男孩儿，现在却是侃侃而谈，滔滔不绝；曾经的羞涩脸红的女孩，现在却是落落大方，口若悬河。很快要轮到我了，我赶快打开了一箱葡萄，呈在各位的酒桌上。我拿起话筒清了清嗓子说："各位同学，首先，请你们尝尝我刚从我们浦江果园里采摘来的葡萄甜吧，比蜜还甜吧！然后请你抬头看看天花板上的这盏水晶灯，我敢断定，这盏灯的配件肯定是我们浦江产的。我们浦江现在可是世界著名的水晶之都。今天我隆重向我们组委会提出申请，2012年7月，在一年一度的葡萄节上，相约我们浦江。嗯，葡萄就美酒，水晶衬笑容，该是何等的诗情画意呀！那时虽然还不能听到七月七牛郎织女鹊桥相会的情话，但肯定能成为你一生中最甜蜜的回忆""好！好！我们下一次同学会就到浦江去开。"一时会场上掌声雷动，反响热烈。曾是金华市领导秘书的孙同学，紧接着站起来发言："惭愧呀，金华是四周开花，我们中心薄弱啊。刚才楼同学讲的都是事实啊，我还听说浦江的人均轿车拥有量是全国最多的。他们的城区的房价，要一万多一平啊，比我们金华的房价还要高呢。各位同学真的很有必要到各个小县城走一遭啊。当然，我绝不是在推脱你们来金华，我建议我们争取把各个小县城走一遍，第一站就定在人杰地灵的浦江吧。难得楼同学盛情邀请，下面我们边品尝葡萄边商议吧。"

"这葡萄真鲜，真好吃啊！我只知道浦江是著名的书画之乡，想不到这几年发展得这么快。我真期待两年之后的浦江之行。"开化的汪同学立即表示了赞同。东阳的郭同学立即说："几年前我去过一次。还游了仙华山，除了葡萄，还有好像桃行李也特别好吃。""好的，好的，下一站就去浦江，我们一定抽时间去。我要多摘几箱葡萄给我的亲友尝尝。"一时众人议论纷纷，而此刻的我却热血沸腾。区区几个葡萄，让我为我的家乡而骄傲。

"葡萄美酒水晶杯，畅饮友情早邀约。醉卧果园开怀笑，千古快乐能几回？"我拿起话筒动情地说道："两年后，我们再相会。我们浦江人一定会像盛夏的太阳一样热情地期待着你的光临。另外，我还会给各位同学准备一些葡萄带回家去。跟家人分享，可别忘了说一声，这是浦江的葡萄。"一时会场的笑声飞出屋外，响彻云霄。

我真得谢谢这些葡萄，让我收获了快乐和自豪。

第四章

万物入心

阳光很暖,风很甜,花很香,万物可爱,始于心终于心,你我皆安。

一花一语一世界

诗有云"一叶一浮萍，一梦一睡莲，一树一叶一季节，一花一语一世界"。

朋友打电话来，这几天好几朵睡莲争先恐后地开了，明早来赏睡莲吧！

这睡莲是前几年先生从朋友家搞来的，因为家里的庭院实在太小，没有它的用武之地，只好养在朋友家的人工池塘里，想不到它每年都能大展宏图，灿烂地绽放。

可是要一睹它的芳容并非易事。因为睡莲只开在盛夏的白天，早上七点之后，且在大太阳下，才会开放。下午六七点之后，它就合上花瓣，躲进叶子中，安安静静地睡觉了。

我一早就去朋友家，到朋友家早上七点多。睡莲已经冒出水面，含苞待放。我和朋友静静地、屏住呼吸等待着它的绽放。此时，旭日初升，夏日的早晨，天特别蓝，云特别白，晨风吹拂，站在浓密的树荫下，特别让人心旷神怡。昙花只在夜间一现，我无缘感受昙花一现的风采和震撼。抑或短暂，如樱花，人们更加容易触景生情，感伤感怀吧。而此刻，这两朵睡莲也让我感受到了昙花开放的感觉。

从七点到八点，一个小时中，我亲眼见证了它的花瓣一点点张开，太阳照到的那朵开得更快一点。又过了一会儿，我好像看到我的睡莲微微颤动了一下，我心里像有只小兔子怦怦在跳，但此刻的我，还是屏声静气，我大气不敢出，担心惊扰了它。睡莲终于慢慢地展开了花瓣，像美丽的仙子，更像雍容的贵妇，款款地挺立微波中，而欢快的鱼儿好像也懂得欣赏美，就在这两朵睡莲间来来回回穿梭忙碌。

周末，喜欢去山里的房子度假，房子前门是名副其实的开门见山，开了后门，是一堵悬崖，然后往上就是密林，再仰头也看不到山顶。正值秋天，闺蜜种的凌霄花已偃旗息鼓，只剩清瘦的枯枝趴在悬崖上。想着夏天的时候，满山都是盛开的红红的花，万绿丛中点缀着红色，煞是壮观。现在的山上，层林尽染，颜色层次分明，绿的竹子，黄的落叶树，红的柏树，用最生动的语言预示着人类，我们将严阵以待，迎接寒冬的来临。而凌霄花也完成了它的使命，只等明年春天再一次抽枝发芽。

还记得那天，天公作美，微雨初停，我突发兴致，一个人绕东山公园逛了一圈。去年暑假的时候，我几乎天天打卡东山公园跑步，这里绿树掩映，小山遮住了太阳，很适合晨跑。现在不知不觉，已是又一年的春天了。

原来春天的地上也是满地落叶的，尤其是一场春雨后，一夜春风后，但绝对没有秋风扫落叶的凄凉感，因为你一抬头，树上满是勃勃生机，春花烂漫绿叶鲜嫩，给人的是希望是绚烂。小溪在连绵的几天春雨后，唱着欢快的歌，可惜春水太冷，少了浣衣人，还有那有节奏的浣衣声。

"夜来风雨声，花落知多少"，草地上都是落花。我仔细观察过落花，海棠也好，樱花也罢，甚至是大朵的玉兰，它们都是一片片凋落的，也许它们想在春风中再绚烂一瞬间，在空中做最后的舞蹈，然后落地，向美丽告别，向春天告别。我也从不把它们的谢落看作是一种死亡。它们只是在春风的呼唤中，觉悟到自己曾经是有翅膀的天使，它们便试着挣脱枝头，试着飞，轻轻地飞出去。

唯有茶花，张爱玲说，有一种花是令她害怕的，它不问青红皂白，没有任何征兆，在猝不及防间，整朵整朵任性的鲁莽的不负责任的骨碌碌地滚了过来，真让人心惊肉跳，她说这是触目惊心的死法。因为这段话，我也曾经守在茶花树旁，亲眼见证它这种极端与刚烈的死法，我倒不怕，反而多了一份欣赏，美的时候就尽情释放，消亡的时候索性决绝点，绝不拖泥带水。

我喜欢的溪边的枫杨树也已挂出绿丝绦，随风摇曳，这树给我太多的童年回忆，去年专门写了一篇关于它的散文，每次走过小溪畔，只要有这树，我都要驻足一番。

诗有云"一叶一浮萍，一梦一睡莲"，一树一叶一季节，一花一语一世界。自然界真的很神奇，各种动植物生灵，以它们特有的生活姿态向我们人类展示五彩缤纷的世界。它们不像我们人类那样有太多的纷争，太多的顾忌，太多的喜怒哀愁，它们只顾应时而生，应季而长，应令而衰。它们在自开自落间，完成了岁岁年年。

养猫记

很快，把猫抱出来，它不吵也不闹，我摸了摸它的头，它眨眨眼，很舒服的样子。

唉！假期最后一天，被这猫害惨了。想赶它回窝，不肯，只能抓着它，结果抓得不对。惹恼了它，一怒之下，被它的利爪抓了一下，顿时一道血印。

紧急之下，我挤出污血，用肥皂水冲洗了几遍。查了百度百科，说出血了都得打疫苗。又不甘，打电话给儿子，儿子说，不碍事，猫没出过家门，又打过疫苗的。内心还是慌慌的，发小的父亲就是得狂犬病死的，小时候亲眼见证过这病的恐怖，而且几乎无药可救。于是又问几个熟识的医生，不怕一万，就怕万一，还是去打一下吧！

好不容易问到打疫苗的地点，东山路 81 号，一个诊所内。其他几个门诊科都很空，但这个打猫犬疫苗的科室倒是挺热闹，我前面排了一个，我后面还等着一个。巧的是，前后都是被猫抓伤的六七岁小男孩，都全家陪着来。医生只能把我们几个赶在诊室外。我从窗口探进去，那个医生很耐心，解释也很详细。最后，我好奇，瞟了一眼账单，手术费 116 元，清洗费 10 元，针剂保管费10元，疫苗332元，蛋白针552元。天！打个疫苗要小一千啊！现在怎么这么贵！

轮到我了，医生态度还是很好。我也装模作样很认真地听着。讲到一半，前面那个男孩父亲进来了，要求去掉手术费用。我也忙强调，我已经自己处理过了，我也不要。后来问我打不打蛋白针。我问，怎么打？根据体重来。我近55公斤，至少打五针。要一千多吧！加上疫苗，这一划伤要近2000元，这也太匪夷所思了吧！我口头应着，手没空着，偷偷地查资料，问被狗咬过的同仁，他们都说没必要。那个医生见我在玩手机，心不在焉的，就提醒我别玩手机。最后，我决定不打蛋白针了，那医生好像有点失望，因为我捕捉到了他的遗憾的目光。

最后，我心不甘情不愿地交了342元，还在两只手臂上各打了一针，打针时倒是一点不痛。

回家后，继续用肥皂水冲洗了几分钟。下午躺在床上，两手臂隐隐作痛，浑身又很烫，可能是疫苗反应，我本敏感。滚蛋吧！五针蛋白针！多少年没打过针了，听说这蛋白针反应更强烈！作用无非是提高免疫力，天底下哪有那么多狂犬病？这样宣泄着，心情倒好多了。下楼来，这只可恶可恨的猫又来亲热地蹭我的裤管。我抬起手，想揍它一顿，它无辜地喊了几声，最后还是温柔地抚摸了它几下。当动物真好！不用知错就改，甚至不用受到相应的惩罚。

一直讨厌养宠物，偏偏他们父子俩都喜欢，只能去找他们报医药费了。

这猫是儿子养在杭州家里的，他说他一个人寂寞，想养只猫，我们也默许了，儿子打电话来说取名"爱心"，我说好俗的名字，儿子说猫肚子上有颗心，我就叫它"爱心"了。当时我想叫他改名把它叫成"冬菇"，因为我正追着《凉生我们可不可以不忧伤》电视剧，还专门跑去书店买全了五本原著小说，儿子死都不肯，还戏谑我，老妈永远那么幼稚。

后来儿子说要出差一段时间，把"爱心"放到老家来养一段时间。我早晚喂猫粮，当铲屎官，晚上陪它玩。猫砂和猫粮快用完了，儿子还没来领回去。不得已想到了宠物医院，去买袋猫砂和猫粮，顺便给它洗个热水澡。

我费了九牛二虎之力才把它装进专用的猫篮中，担心猫舍难找，特意骑了辆电瓶车。一路上，"爱心"很不安分，叫声很是凄厉。我就一路温柔地"爱心""爱心"地叫，渐渐地它安静多了。

沿着江边，慢慢地找，还真找到了专门的猫舍。一进门，店主跑过来打招呼："楼老师，还认识我吗？"我忙搜索枯肠，到底是哪届的学生呢？我只能假装认识。小女孩很熟练地抓住猫，我忙提醒，你小心点，前几天我刚被猫抓得血淋淋的，刚打了疫苗。"你天天跟猫打交道，肯定老被抓吧！那还不得天天打疫苗。"我随口问道。"楼老师，你还真小看我，这么多年下来，还真没被抓过。"我很奇怪，猫在她身上变得服服帖帖，真是一物降一物啊！然后，她开始娓娓道来，跟我谈养猫之道。抓猫得抓它的脖子，正如蛇抓七寸。我恍然大悟，难怪上次我被抓，我只抓住了它的前腿，然后它用后腿袭击了我。给猫洗澡，从不洗脸，猫是最爱干净的，它自己天天用爪子和舌头舔洗。猫是很高冷的动物，它的眼睛有特异功能，能看很远，尤其是伸手不见五指的黑夜。猫不像狗，你得主动逗狗，否则会抑郁。但猫也喜欢靠近主人，它尤其喜欢在你的床边睡觉。猫只要你养得好，不大会生病，天凉了，不能老关在房间里，每天得让它晒晒太阳。而且光吃猫粮还不够，要经常给它吃鸡胸肉和牛肉。她娓娓道来，我也真是长见识了。"楼老师，说来你可能不信，我经常会煮一大锅鸡胸肉给它们吃。而我自己经常吃方便面。"我虽然表示不理解，但我相信爱宠物人士，爱宠物超过爱自己，很正常。何况，我家这只"爱心"，猫粮，猫砂，洗澡，一个月下来至少也要几百块。

因猫很怕风，小猫洗澡完后，不能吹风机吹，得放烘干箱烘，等全干，要个把小时。趁这空时，"猫小姐"（我姑且这样叫她）如数家珍，分别打开笼子向我介绍。原来猫的世界是如此丰富多彩。更惊奇的是他们养猫还选美，还参加各种比赛，有些猫甚至要几万元、十几万元一只。猫是灵兽，它一天能睡十四个小时，更多的猫已不会抓老鼠，可以帮助人类治抑郁或防治抑郁。难怪姜生要养一只冬菇了。真的隔行如隔山，小女孩在介绍这些的时候，浑身散发着光彩，眼睛更是神采飞扬。真好，能够做自己喜欢的事情就是幸福。

很快，猫被抱出来了，它不吵也不闹，我摸了它的头，它眨眨眼，很舒服的样子。

一直以来，我偏向于养植物（虽然许多绿植到我手里最终都是以枯萎告终），但既然养了，我也尽量细心呵护，这毕竟是生灵，虽然它不会说话。看来，我自己本来就驻着一颗"爱心"。

最后我终于熬不住了，问她是我什么时候的学生。她说，很多年前了，她现在已经三十多了，楼老师您是我大学时的语文老师。然后她告诉我，这是我县唯一一家猫舍，生意还不错。离开时，我由衷地祝福她，有自己喜欢做的事，真好。

撞狗记

此刻，我躺在床上，我只是最真实最朴实地记下这一切，我更希望好人能一生平安。

我们的车缓缓地行驶在乡村小道上。

突然，一只小黄狗窜出来，我们的车与它亲密接触了一下。

"我们可能撞到狗了。"老公踩住刹车对我说。这时，我也听到狗哀叫个不停。

"我下去看看，我们不能一走了之，这样心里过不去。"

我下车来，那只狗趴在地上，一个农村妇女正走向它，估计是狗主人。

狗主人摸着狗，让狗站起来。那只狗踮起一只脚，另外一只脚弯曲着。

"估计撞到这只腿了。"女主人说。我沉默着，看样子还好，没有血肉模糊。好多年前，我也养过一只狗，横穿公路时，我亲眼看到被一辆疾驰而来的轿车撞飞，我抱起它时，以为一命呜呼了，结果还好，只是不会走了。过一段时间居然神奇地自愈了。我也曾经问过一个兽医，那兽医说，狗的命很贱，只要不伤及内脏，那些伤筋动骨的病，一般都会自愈。

但我只能站在一旁，我不敢说。

这时候男主人从田间小道上走来。没穿外套，手上鞋上都是泥，挽着裤管。他先摸了下狗头，然后摸了摸前后腿，突然那只狗猛地转过头，咬了男主人的手背。男主人马上把手缩回来，边捏伤口边说："他的伤处肯定在大腿，我刚刚弄疼它了。"他妻子可吓坏了，挤出很多血，我赶忙打开水龙头让他冲洗，然后跑进一家最近的农户家，借了块没拆封的肥皂擦洗消毒。

"不管怎样得去打狗针，这伤口有点深。"他妻子说道。

"得打，快坐我们车去！"我也忙说。

"那我回家取点钱。"

"不用了！先上车！钱我们出。"

"我的脚都是泥，要不要先洗一下。"男主人伸着血淋淋的手指头，犹豫着不敢上车。

"没事！没事！"我帮他打开车门。

离城里还有三四十里路，车窗外细雨蒙蒙，山涧上常有一股股细流奔涌而下，今年的雨水也实在是太多了。我们从今年的降雨开始闲聊，聊到他的生活，他的家人。看来，男主人是个健谈之人。他说，他几乎常年在大畈乡的河流边，砌鹅卵石路，320元一天，他手下带六七个小工，付给他们工钱180元一天。"那叔叔您收入挺不错啊！现在一般的木匠泥水匠才280元一天呢！"老薛说道。我从后视镜里瞧了瞧，看他腼腆地笑了笑。

我又问道："叔叔，你的孩子都大了吧！结婚了吧！""我一儿一女，孙子6岁了。可惜女儿身体不大好，要常年吃药，我今年60岁了，女儿28岁，一年要好几万元药钱呢。"他停顿了一下，我也不敢问，内心嘀咕着："莫非是慢性白血病，或是肾病？"

"我这女儿啊！"老伯自己开始说了，"从七岁开始患病，已经用了三四十万的医疗费。她得的是一种怪病，叫什么多酮症。一粒饭粒在嘴边，她也没办法舔到嘴边去。如果地上有一股水流在走，人就会被吸去摔倒。刚犯病时，人民医院的石医生叫我们放弃治疗，说她最多只有一年寿命。我们不甘心，到处背着她求医，最后在安徽一家医院确诊。现在我们每年都要到那个医院住院三个月，天天挂瓶，然后背着一大袋药回来。也许全浦江也只有一例吧！现在女儿已经 28 岁了，远远超过预期。我们既然生下了她，总不能眼睁睁地看着她离开吧！"

一时车厢里寂静下来，我一抹眼睛，悄悄拭去泪水。

"孩子痛苦吗？应该不疼痛吧？"我问道。"这倒还好，有药控制着。只是吃的禁忌很多，任何有壳的东西都不能碰。瓜子、花生、板栗、虾蟹、豆腐等也不能碰。小时候要时刻守着她，现在她自己能克制。她七岁患病那年，我老婆时时刻刻抱着她，吃喝拉撒，全程她妈弄。那年我老婆头发全白。"

我想极力找话安慰，但感觉任何话语都是那么苍白无力，所幸德康门诊到了。

他一下车就趴在垃圾桶上呕吐，原来他晕车。我忙倒了杯温水给他。

打狗针的程序很复杂。消毒、打破伤风针、狗针、消炎药，我一并建议都用。最后那医生还是不厌其烦地建议打蛋白针。光蛋白针就要一千多元，加上前面的那些，至少要两千多。说句实话，我确实有点肉痛。去年，我刚被猫抓过，为这蛋白血清，我咨询了很多医生都觉得没必要，后来我自己也没有打。现在我也无法替他做决定。正在我两难之际，老伯很干脆地说，老师，就打狗针，其他都不用打了，没关系的。我也忙解释道，我问过医生的，这可以不用打的，虽然我看到那医生脸色明显变了。

趁那医生在写药方时，老伯指着一个手指头对我们说，这个手指头也受过重伤。那年砸一块石头，伤到手指，整个指甲掀下来，指尖也血肉模糊，医生建议裁手指，我没同意。我后来只是挂了一个星期盐水，不也长得好好的。我仔细看他的手，这里一处伤痕，那里一处关节突出，满手都是硬茧，这是一双典型的劳动人民的手，一双值得尊敬敬畏的手。"还有呢！你们看这手腕，这里生生缝了十四针呢！那年砍柴，我用力过猛，砍到手腕上，几乎把手砍成两截。现在不是恢复得挺好。两位放心，我皮肤复原能力很好的，我其他没什么，就是身体好啊！我也得身体好啊！我不吸烟不喝酒，我就是喜欢吃饭吃肉。"

"叔叔，真的对不起了，这几天你还是在家休息吧！有事情给我们打电话。"我实在是动容。跟他们比，我的一点点苦简直全是无病呻吟。

此刻，我躺在床上，我只是最真实最朴实地记下这一切，我更希望好人能一生平安。

还有我跟老薛决定，下个周末，我们一定要专程去看看并带上一个小小的红包。

枫杨花，摇曳串串相思

枫杨花，只有我青翠像垂柳，一串一串，相思像当年。

这株长在学校小河间的树，我不知道叫什么，但每次经过，我都要驻足一阵。

也许到了离退休倒计时的缘故，我开始非常留恋学校的一草一木，我不知道真到那个时候，我是否还有勇气跟他们做一场隆重的告别。果然，什么样的年纪就会有什么样的心态。这株树，去年也曾留在我微信的朋友圈中，现在转眼又是一年。

小时候问父母亲，会长这么可爱东西的树叫什么树，他们告诉我叫"燕伯伯"。"那跟燕子有关吗？燕子会吃这一条条吗？"我还是好奇，但父母亲也说不知道。可能就是我们那一带的方言。

我的童年少年时代在浦阳江边长大，那时候浦阳江没有规划，江的两岸非常原生态。岸上杂草丛生，当然还有很多树。柳树我是认得的，但最多的还是这种树，后来父亲告诉我，这树很耐造，我们都叫它狗树。暑假浦阳江边是我们小伙伴的乐园。我们下河抓鱼抓虾，热了就找个深一点的潭游泳，我的"狗爬式"就是那时候的战果。还有运气好的话，还能捡到鸭蛋。江上经常有养鸭专业户放养着一群群的鸭子。一般鸭子生蛋是在凌晨，基本会生在家里的鸭圈里。但也有特殊情况，有些鸭子会把蛋憋着，到溪边后，会找河流中的浅滩，在草丛中下蛋。如果我们想找个理由去玩，跟父母亲说声，我们去捡鸭蛋了，父母亲都会喜笑颜开地答应。两个弟弟贪玩，喜欢在河滩上玩。我是大姐，多多少少，得做点榜样，而且总得回家时有理由交差，所以会很卖力地寻找。运气好的话，一天能捡到五六个。其实，干这活是如此的无聊，而且要非常小心翼翼，稍微不小心，脚一滑，就会湿身。我会偶尔抬头看一下"燕伯伯"，它随风摇曳，跳着优美整齐的舞姿，好像不时在跟我打招呼，然后继续大扫荡。运气好的话，一天能拣上五六个。回家时，母亲肯定是乐开了花。

有时候，我们一群小伙伴们会在树下玩，知了在树上卖力地献唱。树很高，我们人接人，整串整串摘下，挂在两只耳朵上，美其名曰"珍珠耳环"，然后小伙伴们夸张地踱着方步，"耳环"真的摇摇晃晃的，晃到脸上凉凉的，晃到鼻子上还有一股淡淡的青草味的清香。有时还故意夸张地抬头寻找，树顶是不是有小燕子栖息呢？可惜，从来没有，那为什么叫燕伯伯呢？只有蝉，那为什么不叫"蝉哥哥"呢？

那天，跟一位教生物的同事站在这棵树下，他告诉我，它的学名叫枫杨。它喜欢长在溪涧河滩阴湿山坡地的林中，我们郑宅那边，这花叫"苍蝇"，你看多像一只只绿色苍蝇啊！我点头。你看，一条笔直的细干，边上密密麻麻排列着，像排排站的小嫩芽。这一串串垂垂荡荡的绿色花（如果是花，这也许是花期最长的花了），像是时序挂起来的串串小灯笼，串串小风铃。

现在，浦阳江两岸已难觅枫杨的踪迹，但那童年的记忆又像小鸟一样欢呼雀跃地飞进来。突然想起一句诗"枫杨花，只有我青翠像垂柳，一串一串，相思像当年"。

枫杨树下，春风吹过，有旧痕，一如逝去的时光。

我种的红薯

生活又何尝不是如此呢？只有辛勤地劳作，努力地付出，才会在荒芜的土地上开出花结出果来。

我终于吃到了自己亲手种的红薯，春华秋实，收获的喜悦，就是低下头来看到收获的累累果实，抬起头来，秋风过处，田野山头吹来的都是成熟的气息，稻谷飘香，橙黄的野柿子傲娇地挂在枝头。

我种的这块红薯地边上刚好有一片小树林挡住了朝阳，树影横斜中，阳光透过缝隙，星星点点的阳光跳跃着。先生先用柴刀割断张牙舞爪的红薯藤，然后整理好放在边上的空地上。我则拿起锄头，这锄头方言叫铁笕，就是中间有个缺口的，这样挖红薯时不容易掘破红薯。我第一锄头下去，就把一块红薯剖成两半。先生看不下去了，过来手把手教我。他指导我说，脚要一前一后，利于弯腰劳作。先把红薯四周的泥土稍稍松一下，然后在边上稍远的地方用力掘下去，再把锄头小心地翘起来，这样一整串红薯就完整地出来了。还真是，我照着做，居然都挺成功的，最多只偶尔蹭破一点皮。太阳渐渐升高了，树影已有点遮不住我们，回头看看，紫红色的红薯在太阳下闪着炫目的光，我们的活也干得差不多了。我们在田里抹掉泥土，小心翼翼地一块块装在篮子里回家。

回家时，父亲说趁太阳，把红薯晒在院子里，晒干一点，红薯不容易坏，而且越放越甜。老父亲还开玩笑说，这些红薯可都是你们自己亲手种的，肯定特别好吃。我连连点头。

我还真记得特别清楚，那天应该是谷雨前后，刚好是雨后初晴，我和先生到老家去。老父亲的脚伤了筋，到田里去不方便，然后就把任务派发给我俩。出发前传授了一下种红薯的步骤，我还一本正经地查了下百度。先生有模有样地一手扛着锄头，另一只手拎了一袋化肥。我则挎着放着红薯苗的篮子。我们一垄一垄地整理好泥土，隔段距离挖个小坑，在小坑中放上一小撮底肥，然后把红薯苗斜种上去。因为刚下过雨，地上挺潮湿的，也就不用浇水了。一个星期过去了，红薯都成活了，还挺有成就感。再过了两个月，红薯藤疯长，老父亲说，你们得去翻一下红薯藤，很密的就摘掉一些，否则营养全被叶子吸收了，到时红薯只能瘦瘦小小了。那天，我还摘了一些嫩嫩的藤，剥掉皮，炒的时候拍点大蒜、放点辣椒，特别好吃。

后来放暑假了，父亲的脚也渐渐好了，每次回去他都会向我们汇报，今天给红薯打过药水了，前几天已灌过水了，否则要枯死了。而我一直以为，红薯是最好种的东西，在我眼里，只要种下去就会有收获，事实上哪有这么容易，一分耕耘一分收获，所有的收获都得用汗水浇灌。

生活又何尝不是如此呢？只有辛勤地劳作，努力地付出，才会在荒芜的土地上开出花结出果来。

摘葡萄

回家时，我们穿越一片片的葡萄田，太阳橘黄色的光芒洒满了葡萄园。

应堂姐之约，到她的葡萄田里去摘葡萄，堂姐五点钟就把位置发给了我们。

一路上，我们的车子穿梭于葡萄园七拐八绕的田间小道中。很意外的是，这些田间小路都不是泥土路，而都是平坦的水泥路。到了葡萄田，地上已经码了一箱又一箱葡萄，我马上问姐夫水泥路的事，姐夫告诉我，这些路都是政府修的，方便葡农管理，在浦江，葡萄可是很重要的支柱经济。姐姐和姐夫凌晨两点钟就在田里了，看着姐夫光着膀子，脸上豆大的汗珠像雨滴一样滴到地上，身上没有一处是干的，想着我们躲在空调房里，还不惜福，真该来田里走走。

我摘下一颗葡萄，用左手的五个手指的指尖轻轻托着，右手用大拇指和食指在蒂部剥下一点皮，然后左手往嘴里一送，我用嘴一嘬，用舌头一吸，果肉滑进口腔。"好鲜甜啊！姐夫！我可把处女作留给你了，这颗葡萄是我今年吃到的第一颗浦江葡萄！"姐夫咧开嘴笑了，露出满口白牙，脸上的汗珠滴得更欢了。

于是大姐带着我逛葡萄园，她如数家珍，给我介绍哪些葡萄可以摘了，哪些葡萄吃起来更鲜甜，葡萄该怎样种植管理。她抚摸着葡萄串，就像抚摸着自己的孩子，脸上满是慈爱和自豪。"姐，你把卖相差一点的摘给我吃，自己吃，没事！"我一个劲地叮嘱姐。姐说，我今天还在抱怨你姐夫，他就是太自以为是了，以为自己种了这么多年的葡萄，技术很好了，但还是抵不过专家的指导，隔壁的比我们要好多了，收购价比我们高一块钱左右。明年说什么也要请他们了，磨刀不误砍柴工，种葡萄也要与时俱进啊！大姐是浦江中学毕业的，由于她是老大，大伯父全靠侍弄土地赚点钱，下面还有三个弟妹，负担很重，她高中毕业后不再复读，就打工帮衬家里了。每次见到我，她总说我幸运，如果那个时候书给她读的话，说不定不会像现在这么辛苦了。"姐，今年葡萄价格还可以吧，我听说很多葡萄田退耕还田了，去年葡萄砍掉了很多呢！""贵好多了，今年收购价都七八块一斤，而且供不应求，地上这些等会儿运到收购点就行，一亩葡萄大概能赚一万元，辛苦点，还是蛮开心的。"姐夫在一旁边摘葡萄，边搭话。"唉！这么辛苦，这么少！"我还是觉得不值得。

太阳上来了，阳光倾泻在大棚的塑料薄膜上，真的像蒸笼一样。我稍微一动都浑身冒汗。我看着地上没长一点杂草，边上堆满了一堆堆的枯葡萄枝，其辛苦程度可以想象。还有路旁栽了茄子、西红柿、南瓜、丝瓜等，长势都很好，在这干燥季节里，每天浇水都忙得够呛。

回来时，大姐把所有挂在枝上的红西红柿都给我了，说这西红柿土得掉渣，只管生吃，味道也超级棒，还给了我一大袋水灵灵的香瓜。先生拎起沉沉的袋子，都觉得难为情了，姐夫更是腼腆，说这是土货，自家产的，吃完了，尽管到地里来拿。

　　回家时，我们穿越一片片的葡萄田，太阳橘黄色的光芒洒满葡萄园。一年一度的浦江葡萄终于成熟了，希望五湖四海的人都能尝到浦江葡萄的甜蜜。

苦麻的故事

也许在所有的绿叶菜中，苦麻是最不值钱最不起眼的蔬菜。

也许在所有的绿叶菜中，苦麻是最不值钱最不起眼的蔬菜。但，我可以毫不夸张地说，它是跨越时间最长的菜，可以从春季吃到秋季，一层一层地往上剥，像芝麻一段一段往上蹿，一直可以吃到它开花结果。

从春到秋，青菜特别难种，为防虫子肆虐，得经常打药，即使再水灵的青菜，没有了霜雪的严刑拷打，始终没有那股甜味。而这时候大显身手的就是苦麻菜。因此，苦麻是春夏秋季绿叶菜的主角。苦麻最经典的吃法是烧苦麻面条和苦麻馄饨，在我们浦江还有苦麻麦饼和苦麻豆腐羹。

顾名思义，苦麻是有股苦味的，你剥下菜帮子的时候，有一股白白的黏黏的像牛奶样的汁水涌出来，一般不能直接吃（后来植物进化，说培育成了可以直接吃的苦麻，我也曾买过，总觉得失去了苦麻该有的清香味）。小时候，每到傍晚，母亲都会给我一个脸盆、一把菜刀、一汤匙盐，叫我到井旁揉搓苦麻，每次都不忘给我说，苦麻一定搓透荡清（很遗憾，这两个词的浦江话，我实在翻译不了），还有得小心点，不要让苦麻汁溅到衣服上，洗不掉的。我先洗干净苦麻，然后切成大段，撒上盐，开始使劲地揉搓，挤出汁，再放上水，再揉，然后一遍一遍地重复，直到挤出来的汁水变清，然后放在盆里养着。

嫁人后，在婆家第一次吃到苦麻，我记忆实在太深刻了。婆婆在铁锅里烧了一大锅水，水开后，也加了点盐，把苦麻放进滚烫的锅里，等水再沸腾，然后捞出，放在清水里养着。原来他们是焯水的。婆婆还有理有据地跟我解释，我们山里有的是柴火，你们外乡人柴火紧张，所以吃苦麻的方法不一样。也许一方水土养一方人，苦麻在我手里，我依然喜欢用揉搓之法，想当然地认为，我的苦麻更清口，看上去也更绿汪汪。

苦麻跟面条确实是绝配，现在小县城一些有名气的面馆，比如我家附近的"鲜鲜"面馆，苦麻面一直是他家的招牌面。在一些饭馆中，苦麻手工面是必定有的。白的面条、青绿的苦麻，再煮上几块土豆，淋上一勺猪油，一碗香气扑鼻的面条实在太"秀色可餐"了。我不知道苦麻面是否也算得上是浦江的特色面。上个星期，一拨杭州客人过来，最后我点了苦麻面当作主食，他们都说没有吃到过如此清口的面条，后来居然吃个底朝天。我跟他们介绍了苦麻菜，他们都说听都没听过。好多年前，好朋友玉艳专门打电话给我，叫我到她家去吃苦麻馄饨，那时他们家还住在中国农业银行的宿舍。我和玉艳就守在厨房旁，等馄饨热气腾腾地出蒸锅，我们就你一只我一只地边吃边闲聊，当时斜斜的夕阳铺满了阳台，电视机里放着不知什么电视剧，岁月静好，时光很慢。馄饨很是美味，就是很单纯的那种，苦麻中加了嫩豆腐和油渣，反正我是一口气吃了二十来只。现在我亲爱的王老师也早已调到金华了，我们又好长时间没见了，一个电话打给她，或许我就可以不管不顾地奔她家吃热气腾腾的馄饨了。

今天朋友送我一把苦麻，我炒成了苦麻豆腐，味道也特别好。老薛一直不大喜欢吃苦麻，他总说苦麻是草，小时候他们把苦麻用于喂鹅和鸡，就是因为苦麻总有一股青草味。所以我每次炒，都要拍点大蒜，今天也是，他居然表扬我，这苦麻怎么没那种草味了，怎么比青菜还好吃了呢！我只是笑笑，我相信，人的口味还是会和家人融合的，不进一家门，就不是一家人嘛！

梅子黄　杨梅红

人生一世，草木一秋，日复一日，年复一年，大自然都应时应季，用最美好的馈赠回报我们，而我们人类是否也得惜时惜福呢？

今年的高温似乎来得早一些。公历才是六月中旬，农历是闰四月中旬，端午节还没过，我的棉被早已在一个多月前被收进了柜子。昨晚散步，问了左邻右舍，都说早就换上凉席，开上空调了。

今年的梅雨季节倒是特别明显。

前几天都是阴雨绵绵，一会儿倾盆大雨，豆大的雨点从变黑的天空中倾泻下来，地上很快积成水洼，汇成小溪，汽车飞驶而过，溅起一地的水花。一会儿，又雨过天晴，碧空如洗，毒辣辣的太阳炙烤大地。

风雨欲来之前，天气闷热得可怕，好像连气都喘不过来。盛夏的热热得酣畅淋漓，热得透气，热得爽快。而现在的热，热得让人烦躁，热得让人发狂。身上热乎乎、湿漉漉的。家里的地，尤其是老房子的水泥地，都会渗出水来，墙壁会"冒汗"。李时珍在《本草纲目》上记载："梅雨或作霉雨，其沾衣及物，皆出黑霉也。"宋代词人梅尧臣可能名字里有个"梅"之故，写了好几首关于梅雨的诗词。其中这首"三月雨不止，蚯蚓上我堂。湿菌生枯篱，润气酿素裳"也写出了衣物长青毛发霉的情景。民俗里也有讲究，农历五月被戏称为"霉月"，这个月一般不办喜事。

特喜欢有"贺梅子"之称的宋代词人贺铸的《青玉案 横塘路》。"试问闲愁愁几许，一川烟草，满城风絮，梅子黄时雨。"这梅子到底是我们江南的哪种水果呢？小时候一直以为是金黄的杏子。我们倒不是特别喜欢吃杏肉，倒是特稀罕那杏籽。那时候的小女孩好像都会收藏一袋杏籽。我们也会编出许多游戏，印象中最爱玩的是，我们会在地上画一个小圆圈，然后每人每次拿出十颗放在圆圈内，在两三米处画上一条横线，伙伴们就站在横线外用一块小石子掷那堆杏籽仁。杏籽从圆圈里滚出来的就归谁。每次我们都玩得不亦乐乎。现在的杏仁，经过加工，倒成了能登上大雅之堂的坚果了。那日读到南宋诗人范成大的《四时田园杂兴》，"梅子金黄杏子肥，麦花雪白菜花稀。日长篱落无人过，惟有蜻蜓蛱蝶飞。"我才突然发现，梅子和杏子居然不是同一种水果。我们老话的杏倒是叫作梅的。杏子是黄的，青梅是青的，看来我还是偏向于这黄梅应该是我们江南的杏子吧。"雨细梅黄，去年双燕还归。""黄梅时节家家雨，青草池塘处处蛙。""苔钱添晚辈，梅子试新黄。"有古诗为证。在我们江浙一带，我却宁愿觉得黄梅天的标志植物是杨梅和栀子花，还有蔬菜"梅豆"（四季豆）。

在我看来，杨梅才是真真正正的最应梅雨季节的水果。查了一下百度，杨梅的原产地竟然是我们浙江余姚。杨梅喜酸性土壤，主要分布在长江流域以南，海南岛以北。而梅雨现象最集中的也在长江流域一带。好像应该是十多年前，应朋友盛情邀约，我和儿子一起千里迢迢到内蒙古。下榻宾馆，看见床头茶几上放着一碟杨梅，我是如此惊喜。到达内蒙古已是下午六点，但依然艳阳高照，阴凉处又是凉风习习。北方空气干燥，正是如此口干舌燥之际，看到这碟杨梅，我们像饿虎扑食一样，一下子将杨梅吃个精光，那酸酸甜甜的味道滋润着干渴的口腔，别提有多熨帖了。一旁的朋友就笑着看我们狼吞虎咽。我吃完才咂咂嘴说，你们这里居然有杨梅卖，不错！不错！杨梅可是我最喜欢的水果。"怎么可能有卖呢？我们这里的很多人都没见过这奇异果呢！知道你们来，刚好有一朋友从杭州直飞回来，我拜托他买来，一路小心翼翼，像呵护婴儿一样带回来的。这杨梅可精贵着呢！可惜几分钟就被你风卷残云般滚到肚子里了。"朋友摊着手打趣我。是啊，即使在快递业非常发达的今天，杨梅也是很难运输的。上星期儿子去余姚摘了几篮回来，顺丰速递寄到家，很多杨梅都已坏掉。杨梅又很难保存，很容易长虫坏掉。即使在树上，杨梅也怕连续几天下雨，成熟的杨梅就会自动脱落，地上密密麻麻的满是残红，即便残存在树上也会有很多烂掉，"雨多杨梅烂，青筐满山市。"还有的也会滋生出一些细细的小白虫，虽然老人们说杨梅虫吃下去没有毒，但总还是疑心的。而它却偏偏成熟于梅雨时节。等太阳出来，暴晒一两天，得抓紧采摘。采摘杨梅是很辛苦的，闷热不说，蚊子苍蝇还有些不知名的小虫子经常会偷袭。往往要长袖长裤，全副武装。它不像苹果、橘子、桃子那样大个，你采摘一颗会掉落三颗，掉到地上，脚一踩，就满地红紫，肉痛之余，也甚是无可奈何。杨梅成熟在如此恶劣的环境中，果期又如此的短，它不像苹果，时时可以在水果店买到，所以显得弥足珍贵。也因为在闷热难耐的梅雨季节里，因为有了杨梅才多了份期盼和美好。那么，我可以改成"梅子红时雨"吗？梅子黄，杨梅红，梅林漫透细雨，雾烟如织；高柳高，鸣蝉闹，田间小径着繁红，蝶舞燕飞。

"窗前梅熟落蒂，墙下笋成出林。连雨不知春去，一晴方觉夏深。"读着这首范成大的小诗，我忽然也感慨万千。昨天今天都阳光灿烂，炎热的夏季已经款款向我们走来。过几天，树上的杨梅也将销声匿迹，转眼江南的三伏天也就应候而至。人生一世，草木一秋，日复一日，年复一年，大自然都应时应季，用最美好的馈赠回报我们，而我们人类是否也得惜时惜福呢？

那么此刻就让我们在栀子花的暗香浮动中听雨品梅吧！

还是浦江葡萄好

　　每年的暑假，因为有葡萄，我也就过得特别甜蜜，而这份甜蜜能跟五湖四海的朋友一同啜饮，更是喜在心头。

　　葡萄一直是我最喜欢的水果。

　　从 7 月 18 日到 7 月 30 日，整整 12 天，我们一行 5 人到贵州自驾游，几乎贯穿整个江西、湖南、贵州，我们每到一处，都要到当地的水果店买葡萄。江西葡萄以宜春市丰城市产葡萄最出名，一般是青藤葡萄，味道也还甜美，鲜嫩多汁。其中一种叫"夏黑"的葡萄给我留下的印象较深，果实圆形，排列紧密，果皮厚，黑蓝色，就像扩大版的蓝莓，果肉脆，汁是淡红色的，非常甜。因为实在太甜，细品之下已体会不到鲜。在贵州，我买了几串水晶葡萄，跟当地的摊主闲聊了几句，水晶葡萄是三都县特色水果，小穗，每串几乎都只有巴掌那么大，果实比较小，相当于浦江的半个巨峰葡萄，果实排列也很紧密，绿黄色、晶莹剔透，表皮也有一层银灰色果粉。听说这种葡萄是由贵州山间野生葡萄培育而成，味道确实很鲜美，酸甜也适中，口感挺好，而且仔细回味，能散发出浓郁的蜂蜜味、牛奶味。味道很像我童年时大姨家庭院里种的一株土的青葡萄。可惜，这种青葡萄都极不容易保存，稍微一碰，果实就掉落，第二天它就出水，腐烂。这种葡萄6元一斤，我觉得并不贵。去年，因为想念青葡萄的味道，在浦郑公路上搜了一圈，也没找到。确实，葡萄品种也得优胜劣汰，不断改良。

然而，我最喜欢吃的依然是我们浦江的葡萄，我们边吃着异地的葡萄，边说着浦江的"巨峰""阳光玫瑰""美人指"，浦江葡萄最好吃的时候应该是立秋后，我们回去应该是葡萄上市的好时候。看来还是咱浦江的葡萄最好。

回去又要给各地的朋友寄葡萄了，记忆中已经邮寄了六七年了。弟弟在杭州，每到葡萄成熟的时候，他就会列清单子，有寄到上海、北京的，更有寄到广州的。尤其是近几年，浦江葡萄更是漂洋过海，甚至出现在很多国家的餐桌上。每年的八月中旬，弟弟的"圣旨"一到，我和他姐夫总是要起个大早，马不停蹄地驱车来到蒋才文葡萄基地。不瞒你们，没去那里之前，我一直以为"蒋才文"是某个葡萄专业户的名字，怎么也想不到这是个村名，这个村绝大多数村民都姓"蒋"。早在2007年就成立了浦江蒋才文葡萄专业合作社，经营范围非常广泛：种植收购，引进新技术新品种，开展种植技术培训等等，走出了一条专业化合作道路。现在"蒋才文葡萄"已经是一块响当当的招牌。说实话，葡萄属于生鲜农产品，很难邮寄。前几年，好像只有顺丰生鲜速递。我们一大早采摘最新鲜的葡萄，到顺丰速递，进行一袋袋真空包装，然后快递公司连夜运送，一般第二天就可以到京津沪。所以，邮费贵得惊人，往往邮费比葡萄还要贵。因此，经常有人调侃，咱寄的不仅是葡萄，更是一份情。记得给弟弟北京的朋友魏总寄了一次后，结果年年来讨，说吃遍了全国各地的葡萄，就浦江的葡萄最好吃。

好像从前年开始，大家一窝蜂地迷上了"阳光玫瑰"。阳光玫瑰类似于提子，比较坚硬，更易保存运输，而且回味真的有玫瑰的香味。价格也比较贵，最早的时候要四五十块一斤，去年基本回落到二三十元一斤。后来，我寄给朋友最多的就是这种高大上的葡萄，私下里自我安慰，觉得邮费这么贵，寄贵点的才合算。经朋友推荐，我一般到潘宅的"楼氏葡萄"基地采摘。一回生二回熟，后来每次去，楼叔总会递上剪刀，让我亲自去体验剪葡萄。他会在一旁耐心地教我哪些葡萄成熟了。楼叔其实不是浦江人，而是义乌人，专门过来，租了几亩地。在葡萄园里搭了处简易棚子，一家人吃住都在这，环境非常艰苦。楼叔全身黝黑，但整天乐呵呵的，他说他就这点种葡萄的本事，也算英雄有用武之地了，而且，一年比一年不愁销路。在葡萄园里，随我吃，完了总要塞我一箱。后来，我也不用冒着酷暑去葡萄园了，我只要给他地址，他都会给我一一寄出，我那些朋友收到后都会赞不绝口，说其他的葡萄都比不上你们浦江葡萄好吃。

　　现在葡萄已经成为浦江的一张响当当的名片，走在杭州、上海的超市，经常可以看到特意标明"浦江葡萄"的牌子，一种自豪感油然而生。每年的暑假，因为有葡萄，我也就过得特别甜蜜，而这份甜蜜能跟五湖四海的朋友一同啜饮，更是喜在心头。

这个春天，我在守候一朵牡丹盛开

这个春天，我一直在守候一朵牡丹的盛开，守候的过程也成了我眼中最美的春色。

近一个多月来，我天天在等待庭院旦的一株牡丹开花。

真的，我从来不抱过任何希望，这株牡丹会开花。当时朋友送给我们一块牡丹的根茎，一时实在找不到地方种，就随手把它种在一个很小的盆子里，盆里的泥土经过长年累月的日晒雨淋，泥土也渐渐变少，但它依然每年发芽，并且年年枝繁叶茂。因为舍不得这一抹绿色，尽管它从不开花，我依然舍不得扔掉。

到冬天时，它好像完全变成一堆枯枝，有一天午后，我随手掰了几下，枯枝就"嚓嚓"断了，于是我掰掉好多条旁逸斜出的枯枝。牡丹是很知春的，还没到立春，枝条上就绽出嫩芽，而且一路吸暖阳，沐春雨，抽枝长叶，就长得蓬蓬的一大株了。

应该是年初吧！我突然发现绿叶丛中居然探出一个细细的花苞，真是惊喜啊！我忙朝屋里喊："老薛！老薛！快来看！你种的这株牡丹，它居然长出一个花蕾，它竟然会开花了！"老薛也快步出来，我俩一起弯腰端详着它，但都不敢去摸。忽然，先生说："花开富贵，这是好兆头啊！今年一定会好运连连。"我也频频点头，我还特意从另外的花盆里移了一点土，盖在裸露的根部。

接下来，每天的生活不知不觉多了一份期许。去上班时，总是要去留意下牡丹，看着它的变化，去道声别。每天回家，连手提包也不放，首先去跟牡丹问声好。这样的一天天的等待，也使我的生活有了一种无形的仪式感。

今天一早，我居然看到了花苞里的一点红，它真的要绽放了！今天的气温一下蹿到 30 度，傍晚回家，它居然华丽丽地盛开了。这朵花的颜色是绚丽的桃红色，花朵娇艳饱满，花瓣重重叠叠，在春风中摇曳着。

这个春天，我一直在守候一朵牡丹的盛开，守候的过程也成了我眼中最美的春色。我想到我教的孩子也是，每个孩子何尝不是一颗花的种子，只不过每个人的花期不同，有的花一开始就会很灿烂地绽放，有的花需要漫长的时间去成长。

母亲节，铃兰花在跳跃

围巾上绣的那是铃兰花，铃兰花的花语是，幸福降临，老师，希望你永远幸福。

我有一份很特殊的礼物，在我心目中，更是一份很珍贵的礼物。

去年的 5 月 12 日是母亲节，我晚自习结束回到家，看见沙发上摆着一个包裹，狐疑地拆开，那是一块非常精致的真丝围巾，包装盒上镶着一朵立体的红色的康乃馨，我摸了摸，是用绸缎做的，但像真的一样。我小心翼翼地打开包装，是一块真丝的苏绣围巾，围巾是双面的，正面是我最喜欢的蓝色，反面是纯白色的。围巾一角也绣了一朵花，原谅我不懂花，我叫不出这是什么花。

看地址是苏州寄出的，明知道寄件人是一家淘宝店，还是冒昧地打去了电话，想问一下是谁买给我的，但淘宝店主说，只有淘宝单号，没有任何买家的身份信息。

我冷静下来想，可能是儿媳送的。我问儿媳，但她否定了。终于猜到了，是我一个学生送的，她的名字叫张苏贞。我马上打电话确认，她说，楼老师，您喜欢吗？围巾上绣的那是铃兰花，铃兰花的花语是，幸福降临，老师，希望你永远幸福。

过了一会儿，苏贞同学居然在微信上传过来很长的文字：

祝我亲爱的楼老师节日快乐呀！

总感觉有说不完的话想跟您说，总感觉在母亲节给你写一封信比教师节有更加特殊的意义。总之，遇见你，连母亲节也变得明朗起来。

往年的母亲节，好像都挺无聊的。除了平平淡淡地发几句祝福之类的信息之外，跟平常也没有什么区别。但是今年，突然不自觉地就想到了您。我终于有了让我思念的人，在这样平淡又有些仪式感的一天。

你的出现，似乎慢慢地治愈了我的灵魂。我能真切地感受到我越来越热爱这个世界，对生的渴求，对美的向往。生活越来越可爱了，真好。

今天去参加了金华教师招聘的考试，考试结束急切地冲向肯德基，想尝一下最近的新品——华夫肉霸堡，可恶的是居然售罄了！于是只点了一个白桃味的冰激凌、一份薯条、一杯冰可乐、一个极为普通的汉堡。等月底再瘦一些再去看看我心心念念的肉霸堡吧。

我的性格也不算主动，所以怪不好意思的，不知道你近况如何，也不敢多问。看了几眼你朋友圈动态，想来心情大概还是愉悦的。挺难过的是有时候看见你基调比较低沉的文章，我好像情商也不够，也不会组织语言，都没有能力帮你。翻了挺久之前的聊天，你说自己"过了一段很艰难的日子"，竟也不知道怎么安慰，我的共情能力好像太弱了，都帮不到你什么。

相反，你对我便显得意义非凡。除了同学、朋友，我不会与长辈进行过多的交流。没有遇见你的话，都不敢想象自己会是什么样的状态。不过有了你之后就不一样了，感觉什么事情都可以跟你分享，不管是学业、日常，都可以跟你进行对话，终于有人给我一种妈妈的感觉了。情绪低落的时候，想到你就会开心起来，自己终于不是一个人了，我的身后并非空无一人啦！被人在乎的感觉太美好了！

其实我也不想回忆自己过去的状态，挺害怕的，但是时不时地总会低落起来。我从小都是被忽略的那个人。倒也不能算是抱怨，只能算是客观地陈述事实吧。不管是平时考试或者考研，我爸妈其实都不怎么关心，最多问一下有没有考上，我跟他们之间似乎隔着一片海域，各自生活在独立的岛屿上（如果真的是这样，倒也挺好的）。即便是少数跟他们住在一起的时间里，也更加觉得陌生。不过我越来越喜欢这样的状态了，从习惯到喜欢。以后的生活里，希望少被他们带给我的情绪困扰。我要努力地生活，努力地变美，吸收朋友的正能量！

不过，阴暗的日子已经过去了！有一些对我特别好的朋友、同学，让我觉得世界好温暖。重要的是还有你，弥补了心灵缺失的那一份爱。我的人格已经越来越健全，在爱的磁场下，人是可以被治愈的。

好幸运，遇见你，我一定是被上帝偏爱了！

原谅我，把全文摘录下来了，真的太激动了！

我左手抚摸着滑滑软软的围巾，右手盯着手机，眼泪不觉夺眶而出。

现在刚好是春暖花开的时候，我戴上围巾，铃兰花在跳跃，幸福之花也开在笑颜。其实，当老师也挺美好的，不仅可以收获桃李满天下，还可以"儿女成群"。

第五章

且行且走

山一程水一程，人的一生，本身就是一场无休止的修行。

西街　东街

　　历史的车轮总滚滚向前，我至少可以心安理得甚至有点趾高气扬地踩在我脚下的土地上，因为我都是认真地过着每一天，正如东西街坚实的青石板。

　　吃完学校的荞麦馃和一碗粥，还是选择走路回家。从五点到六点，从日落西山到夜幕降临，到家刚好一个小时。你可以想象，我是如何优哉地在走我的路。十月的小城被浓浓的桂花香笼罩，经过西山公园时，我特意拐进去，赏了会儿桂花。桂花比小樱花的花期要长，晚上风一吹，或是微雨轻袭，明早也应该是一地细碎的落英吧！但树上依然会有新的桂花绽出芬芳。

　　东街西街是小县城独特的一道风景线，依然保存了古朴的风格，青石板铺路，青砖的房子，甚至还保存了一些木制的房子。房子还是当初的民房，基本是二层或三层的。只是政府修缮了一下，外包装统一装饰了一下，追求古朴厚重的风格，还装上了灯笼，到了晚上，灯笼上的 3D 字印在斑驳的小街上，给寂寞的小街增添了一丝喜气。

　　每次走西街的时候，都感觉挺冷清的。偶尔有电瓶车从我身旁越过，如此高低不平的青石板路，电瓶车驶过，留下一地的颠簸和嘈杂。今天我特别关注的是解放西路两边分支出去的小巷。真的是曲径通幽，有些弄堂拐进去，竟然藏着一个大的四合院，庭院深深深几许，抑或房子里有老人蹒跚的身影，他们在忙乎着晚饭，或者哪扇门里，传出越剧声，传出小巷很远很远。这里的每块青砖，每块青石，都在诉说着岁月的沧桑。

应该是1989年吧，我高考落榜，准备去总工会复习。想在总工会附近租间房子，当时老姐说有个朋友住在这一带。她就带着我，穿梭于各条小巷中，反正我当时觉得就像一座迷宫，如果我一个人，肯定找不到回家的路。好不容易找到姐的朋友家，就一间老房子，粗糙且有点黑乎乎的地面，两层楼，楼梯是木质的，踩上去咯吱咯吱响，楼上是树地板（浦江话，高板），一扇很小的窗户，当然不可能是玻璃窗户，两扇木窗，风吹来，窗棂吱吱作响。房间里很黑，说实话，我当时真的不喜欢。一问租金，还挺贵的，还给了我姐一点面子。那个朋友是土生土长的城里人，虽然表面对我们还算客气，但我总能隐隐感觉到他对我们的藐视，现在想来他那种优越感真的是与生俱来的。后来，我还是决定不租了，决定走读，一方面父母赚钱不容易，另一方面我住在家里多自在，无非是每天早起晚到几分钟。

东街改造后，还轰动过一段时间，我堂弟还专门花高价租了一个店面，开了一个浦江特色面馆，可是只维持了一两年，后来入不敷出，关门了。现在的东街也还是没有兴盛起来，但那次去吃面的场景依然历历在目。

还记得那天是农历三月十二日，儿子的生日。

拎包出门上班时，又转身回头对躺在床上的先生说："今天咱儿子生日，晚饭我们去外面吃个面，庆祝一下。"

先生点点头，表示默许。

今天下班回家后，给老公发微信，告诉他去他单位等他，一起走着去东街吃面。

走在大街上，我们始终相隔尺把距离，他边走路边玩手机，而我亦步亦趋地努力跟在他后面。很奇怪，一路走下来，居然没碰到一个熟人。夜幕还没降临，东街的那些红灯笼都还寂寞地随风摆动。街上，只稀稀落落的几个行人。街道两旁的商铺也大都冷冷清清的。隔着街，店员相互打趣，晚饭准备好了吗？该张罗晚饭了。

我和先生踏着青石板，我们两个发出的脚步声倒是节奏合拍，相映成趣。东街确实变了，以前的杂乱无章也不复存在，现在在古色古香下，竟然有种高大上的味道。我想，等会儿华灯初上，也应该有古镇西塘乌镇的味道吧！

堂弟的浦江特色面馆开在东街非常显眼的位置。我进去点了两碗今天推出的粽香招牌面。庆幸堂弟不在，否则肯定给我免单，作为捧场人，这是我不愿意干的。还没到饭点时间，陆续有客人光顾了，看来生意确实还过得去。面也上得很快，面条柔韧劲道，挺有嚼头。而且面汤不油腻，还有点清爽。咸菜鲜，汤里还加了几片油豆腐，几朵黑木耳，几截小竹笋。对了，还有金针菇，面汤挺鲜的。粽叶包着肉是放小碟的，一股粽香马上沁人心脾。那肉滑而不腻，入口即化，我这嗜肉的味蕾就全都跳跃起来。我暗下决心，下次三姐再来，一定好好感受一下，写篇美食文章。今天不行，得陪姐夫。

吃完，沿着东街慢悠悠地走着。先生的腿长，我老赶不上他，再说，刚吃完，又不能急走。我索性进了一家酸奶店闲逛，店员是个小后生，在疯狂玩游戏，我只得无趣地别回来。抬眼一看，先生正站在不远处，拿着手机，靠在树上等我。

岁月缝花

正是春末夏初，大街两旁的月季开得正艳，凉风习习，猛吸鼻子，一阵含笑的清香钻进鼻子。先生的脚步明显慢下来了，我知道他终于在配合我了。"我写给你的文字看了吗？你该看一下的。"我突然说，他只是笑了笑，我相信他是看过了。"给我买点面包和蛋糕吧！我想吃。"我拉了一下他的手臂。于是，我跟着他去面包店买了一大袋甜品。我掂了掂，有点重，就递过去给他拎，他笑着接过。

这就是我的先生，沉默不善表达，也许行动是更深沉的表达，正如此刻的东街，沉静但不张扬。

此刻，我再一次徜徉在这幽深的小巷中，像走在悠长的岁月中，历史的车轮总滚滚向前，我至少可以心安理得甚至有点趾高气扬地踩在我脚下的土地上，因为我都是认真地过着每一天，正如东西街坚实的青石板。

第一次远行

偶尔让我们的心慢下来吧，低头看看地上的草，抬头看看天上的云，让一颗浮躁的心得以安放。

记得很清楚，我第一次远行是在三十多年前，我十岁时候的寒假。那天天寒地冻，我和父亲天没亮就起床，去杭州看望舅舅。舅舅当时是浙江大学的教授，是整个家族中最有学问、最有威望的人。父亲带我去，一方面想让我看看外面的世界，另一方面也想让有学问的舅舅好好教育我一下。

我们坐的是绿皮火车，从郑家坞上车，哐当哐当，两个多小时，到杭州的车站。这两个小时，我趴在窗口，新奇地看着车窗外飞驰而过的景色，看着不断向后跑的树木和村庄。我也好奇地观察着坐在车厢上的旅客，默默数着一个又一个的停靠站，感受着一拨又一拨中途上车和下车的人。也许那一次，我初步体会到了车站的含义。车站是时间和空间的交汇点，是感受人情味的地方，是感受相聚和分别的地方，是一个感受孤独和寂寞的地方。

转了好几趟公交车，终于到了舅舅家。印象中舅舅一家住在庆春路上的一个小弄堂内，两间低矮的平房，前面有个天井。进到房间里面，父亲让我脱鞋，我躲在父亲后面扭捏了半天。不得已，脱下鞋时，我的两个大脚趾挣脱了袜子，突兀地露在外面。我也明显感受到了杭州表姐飘过来的鄙夷的目光，这让我很不舒服。那时，我突然有了一个念头，回去后一定要很刻苦地学习，将来考上大学，也要穿上花裙子，也要到大城市来。哼！争取比你过得更好！我不由自主地捏紧了拳头。但是，说实在的，在舅舅家那几天，我真的学到了好多，天天临睡前洗脚，早晚刷牙。饭前便后洗手，吃饭时不说话，要细嚼慢咽，筷子绝对不能在菜盘里拨来拨去。舅舅带我到商场坐了电梯，还带我到他同事家，我第一次看到抽水马桶。他也跟我聊了很多，他鼓励我一定要好好读书，知识改变命运，争取考到杭州的大学。

现在再也坐不到那样的绿皮火车了，郑家坞车站早就不用，如果要到杭州去，在义乌坐高铁，身份证一刷就能上车，半小时就到了。但我依然会经常想起第一次远行时的情景。我想到了这句歌词"车马很慢，书信很远，一生只够爱一个人"，多美好啊！偶尔让我们的心慢下来吧，低头看看地上的草，抬头看看天上的云，让一颗浮躁的心得以安放。

秋访登高山民宿

咬一口芳香四溢的麦饼就着温温的小米粥，赏着窗外的青山红花，自己宛如童话仙子！

深秋的清晨，开始透着微微的清寒，萧瑟中弥漫着桂花的芬芳，深吸一口清冽的空气，抖抖衣领，似有初冬的凛冽之势，要开始添衣了。到了中午，艳阳高照，温度又一下子蹿到二十多度。这是一年四季中温差最大的时候。

在如此秋高气爽的日子里，应虞同学的邀请，决定造访他的登高山民宿。

登高山村，顾名思义，就是处在高山山顶上的村庄。确实，它就处在仙华山的背面，四面群山环绕。读高中时有几个同学是这个村的，他们是我们这些平原人寄予无限同情的对象。听他们说，没有公路，出城一趟至少要翻山越岭几个小时。班里最用功的就是这些同学，也许就是太渴望走出这些大山吧！而现在，这些大山深处的村庄都成了香饽饽。虞同学可是土生土长的城里人，他大手笔地租下一处很古旧的民房，花了整整一年的时间，自己设计，自己装修。到这里后，民宿还是给了我巨大的惊喜。

知道自己的车技经受不住盘山公路的考验，就搭了欧阳同学的车。山路哪里止十八弯啊！车开到一半，肠胃已经开始翻江倒海，我只能闭上我的眼睛，舍弃路两旁层林尽染的山野景色。

　　"到了！"右边这幢就是。我忙下车，从外围看去是很不起眼的建筑。进去后真是别有洞天。我往庭院入座，山风夹杂着花香沁人心脾，整个人神清气爽了。虞总如数家珍，亲自带着我参观。

　　房子的装修的色彩以暗色调为主，尽量体现房间的古朴、典雅、厚重。因为前面毫无遮拦，采光非常好，所以每个房间都很亮堂。而灯光隐藏于各个角落中，又都是暖色调的，温暖又温馨。卫生间不铺地砖，还是古朴的水泥地，廊柱、门廊也依然是原来的土坯墙，没有任何现代化的粉饰。最出彩的是细节的追求，青石瓦铺的院落，茅草搭就的房椽，竹子搭成的门扉。桌子上床头的插花更是既注重了乡土特色，更透出了诗情画意。或随意插几枝芦苇，几丛芦花，几支野菊花，几朵野雏菊，土出了洋气，土出了高雅，更土出了气质。在虞同学的娓娓讲述中，我依然可以感受到他的那份自豪和满足。这就是他手中的一幅完美画卷，当一件精美的杰作完成时，并被称为艺术品时，怎能不沾沾自喜呢？

　　午饭也是典型的民宿特色，一桌典型的高山蔬菜。我最喜欢的是酸酸的咸菜炒索粉条和麦饼。炒索粉我也勉强可以炒得好吃，而这麦饼我只能"望饼兴叹"了。油是用最土的菜油，两面都闪着金黄甚至透明的油光，麦饼薄如蝉翼，里面的绿色菜一清二楚，而外皮却没一丝破损。咬一口芳香四溢的麦饼就着温温的小米粥，赏着窗外的青山红花，自己宛如童话仙子！

　　饭吃完，喝茶，大谈我们伟大的高三五班同学。同学心，一世情！好多事好像已经都忘记了，一经揭起，记忆的飞鸟全都翩翩起舞。倦鸟还能够归巢吗？很多同学一别就是30年啊！欧阳同学感慨地说："楼老师，可要珍惜每次相聚啊！见一面真的少一面啊！"他说这话的时候，夕阳正照在他脸上，格外炫目。

别了，登高山村；别了，虞总的民宿。就让这些文字成为永恒吧。

山居生活

早上，荷着锄头，迎着朝阳，朝露沾衣，种下希望。傍晚，端着饭碗，伴着夕阳，期待收获。日子在把酒话农耕中慢慢流逝。

今夜，依然还有蝉鸣虫唱，只是少了夏日的聒噪。也许它们以最后的绝唱作为对夏日的告别吧！毕竟谁也抵挡不了四季的轮回。

今夜，我一人驱车躲在山里，来到加上我只有三个人的村庄，另外两人是一对老夫妻。

今夜，我需要找块净土，静静地梳理一下自己，让自己彻彻底底地安静下来。

此刻，整幢房子就我一人。我斜靠在椅背上，疲惫了一天的脚搁在另一把椅子上。不远处的山和树在夜的笼罩下成了黑色的剪影，初秋的风扫过树梢，像一阵阵小波涛拍岸的声音，原来林涛一直都存在的。抬头，竟然有满天的繁星啊！"月明星稀"，没有明月的晚上才能让如此多的繁星粉墨登场。世间能成为人人艳羡仰慕的月亮的又有几个呢？众星拱月，而作为众星你必须黯淡了自己的光亮来衬托明月的皎洁。因为月亮只有一个，所以人们更愿意把自己比作一颗星，而此刻的我，属于璀璨夜空中的哪颗星星呢？一定不是最亮的一颗，我更喜欢一直眨着眼睛的那一颗。想到这里，我忽然自嘲地笑出声来。星空下，我的思绪飞扬，跟随着晚风任意飞翔。

年过半百后，感觉时间真的如白驹过隙。身体更是每况愈下，几乎熬不了夜，我知道经得起折腾疯狂的年纪真的已经一去不复返了。不知从什么时候起，不再对明天有太多的苛求，不再对昨天有太多的苛责。我只想抓住此刻，抓住当下。当下转瞬即逝，美好更是自己的一种感觉。为什么会把中年人比喻成一本厚重的历史书？因为他已经历经了太多的岁月打磨，太多的生活磨砺，他终于真正地认识到人生中哪些事更有价值，哪些事不能蹉跎。我是幸运的，老父老母都还健在，都还能够生活自理。明天是老父亲的 80 岁生日，父亲血糖高，由于蛋糕太甜太腻，我就买些无糖的全麦面包。在父母迈入 70 岁之后，每年的生日我都要去祝贺，因为你们的坚强乐观，我们子女的懂事，你们又健康快乐地挺过了一年，你们争取蹬过 80 岁，迈过 90 岁。马尔克斯说：有父母在的时候，死亡是抽象的。所以等到我们直面死亡的时候，死亡具体又直观，而我只有暗自祈祷，如果至亲的死亡终究要来，那就让那一天迟点到来吧。人生啊，也许就是一个从出生到死亡的旅途，一个漫长的过程，是为了留出时间让我们慢慢理解死亡，直至不再恐惧，甚至到坦然接受。

我很幸运，我拥有一份自己喜欢的工作，虽然每天累得筋疲力尽，偶尔会抱怨几声，但当第二天的太阳升起，我又精力充沛地站在我爱的学生面前。工作，不仅给了我经济上的安全感，还告诉自己我是健康的。经济上的独立给了我生存的安全感，但是光拥有经济上的独立是不够的，还应该同时做到在思想上不依附任何人。记得毕淑敏曾说，真正的安全感只可能来自一个地方，那就是我们的内心。内心强大才有安全感，而安全感是自己给自己的，外人无法给予。耐得住孤独，忍受得了疼痛，经受得了冷漠误解，承受得了荣辱得失，所有的一切，都是内心强大的表现。我所喜欢的演员马伊琍在《我的前半生》获奖感言上说："女人不要为取悦别人而活，希望你们为取悦自己而活。勇敢努力地去爱，去奋斗，去犯错，但是请记住一定要成长。"我已经早就度过了我的前半生，后半生就好好地活出精彩的自己吧！

夜已渐深，初秋的风吹过，已经有些许的凉意。阳台上的灯依然柔柔地倾泻着清冷的光，几只飞蛾依然执着地一次又一次地嗡嗡地扑向灯火。下个星期应该中秋节了吧！请几个朋友来山顶赏月吧。梁实秋在《雅舍小品》中写道："看山头吐月，红盘乍涌，一霎间，清光四射，天空皎洁，四野无声，微闻犬吠，坐客无不悄然。"如此良辰美景，那天一定能够再现。事实上，当下的快乐触手可及，随处皆是。只要把心胸敞开，快乐也会逼人而来。雨有雨的趣，晴有晴的妙，小鸟跳跃啄食，猫狗饱食酣睡，哪一样不令人快乐呢？

我为了实现这个念想，农历八月十六日，正逢周五，是日更定，我一人驱车，独往山顶看月亮。

我静静地坐在天台上，关掉所有的灯，四野苍茫，林涛阵阵，蝈蝈的弹唱已力不从心。我盖了一块薄毯子，秋风捎来桂花的清香，我猛吸一口，居然感到一阵寒意，夏天终于要告别了。

我静等拨开云层见月明之时。此时的月亮犹抱琵琶半遮面，它在莲花般的云朵里穿行，时隐时现，变幻朦胧。见惯了一轮明月悬挂在碧空如洗的苍穹中，今天这样的景致倒实在难得。我等不得"香雾云鬟湿，清辉玉臂寒"，更不能像郁达夫一样昼伏夜出，明天依然得早起，依旧有那么多的烦琐的事情在等我。也许我偶尔会任性一下，世人可以笑我傻，笑我狂，但唯独不能笑我痴，笑我真。我的世界鲜有人懂，林语堂在《我的愿望》中说过"我要有能做我自己的自由，和敢做我自己的胆量"。他在《人生不过如此》中还有这样一句话"人生不过如此，且行且珍惜。自己永远是自己的主角，不要总在别人的戏剧里充当着配角"。看来，只有做到真正的自己，才算领悟了人生的真谛。

此刻是晚上 10 点，月亮终于钻出云层，高挂苍穹。月色入户，月光如水，如霜。我也毫无睡意，苏轼可以去承天寺找张怀民共赏月，而我却找不到如此"闲人"。"举杯邀明月，对影成三人"，当孤独到只有影子相伴时，也就拥有了强大的内心。"人有悲欢离合，月有阴晴圆缺，此事古难全。"生命本身就是一种遗憾，如果不能抱团取暖，就抱紧自己，温暖自己吧！

如果可以，把每一天都过得有纪念吧！月圆固然美好，月缺也是一种美丽的存在。

第二天，鸡鸣声把我叫醒。一个人走在晚秋的山野中。山上层林尽染，小径上积满落叶，轻轻踩上去，沙沙地响。还能听到几声小鸟的啾啾声，蝉虫已销声匿迹。

这山里的房子造在山上，就住了一两户人家。没有车马喧，即使几个星期不去，桌子上也几乎没有灰尘。我可以随便到山野里摘点菜，山里人纯朴，萝卜、青菜、大蒜、葱、辣椒应有尽有，摘的时候我也很小心，尽量避免踩坏了种着的菜。

今年上半年来了一对杭州夫妻，两人都退休了。女的当过幼儿园老师，男的是技术工程师。他们厌倦了城里的熙熙攘攘，想要远离汽车的轰鸣声、空调的嗡嗡声，来到这小山村过最原始的生活。他们用柴火在土灶的铁锅里烧饭，炒自己种下的纯天然的菜。池塘里用虾笼放虾，去小河里捕鱼，挖野菜，采野果，没有空调，喝山泉水。每次去山里，傍晚时分，女主人都会来叫我欣赏她的菜园。丝瓜、黄瓜爬满架子，黄色的花朵迎风摇曳。她说，傍晚在丝瓜架下，摆上小方桌，炒几个土菜，夫妻俩对酌，迎着山风，看着满架的花，别提多惬意了。她说起她的菜，如数家珍，脸上生动自豪的表情足以感染我。确实，她种的菜是真的好，种的八角丝瓜每天能采摘几十根，冬瓜一米多长，南瓜大如小伞，葫芦挂下来，远远看去俨然一群葫芦娃在打闹。每次去，他们都会装上一大袋叫我带回城。偶尔，我会在城里带点水果、油条、豆腐等，她都要付钱，理由很简单，他们给我的都是自己种出来的，我带的是要花钱买的。后来我拿菜也更加心安理得。

在山野里转了一圈后，太阳已经铺满山岗。我回家路过他们家的菜地，菜地的四周居然有好多嫩嫩的荠菜，不一会儿我就采了一小袋。我拔了几棵萝卜，割了几棵青菜，摘了一点辣椒，直奔杭州阿姨（儿子的叫法）家，我们一起和馅，包手工饺子。而我不忘告诉她，等我退休了，我们一起享受这种田园生活。早上，荷着锄头，迎着朝阳，朝露沾衣，种下希望。傍晚，端着饭碗，伴着夕阳，期待收获。日子在把酒话农耕中慢慢流逝。

好惬意的山居生活！

迷失在大山深处

我告诉自己，什么时候都不要跟天去斗，跟地去斗，你在大自然面前连一棵树一株草都不如。

时隔半月，我才有勇气把这段迷失在大山深处经历给写出来。

实在是太恐怖了，我现在回忆起来，还感觉两脚发抖，冷汗直冒。

那是 2023 年年末的最后一个周末，正是最强寒潮肆虐之时，山区温度降到零下八九摄氏度。先生说，带你去山里看冰。我们先去石宅探望了大姑，村中央的河流都结了厚厚的冰，上面横着几块大石头，大概有好事者想凿几个冰窟窿，看看冰到底有多厚。

我们沿着盘山公路经过程家来到浦阳江源头高塘村，中途几次停车，或看一下河中的冰，或去山的背阴处看一下冰雪。在高塘的露营基地边上的一条小河上，有个十多岁的小男孩正在河中自如地滑冰。我也忍不住下去了，一开始还扶着河沿，后来索性两手凌空，在冰河上也走了几步，冰河岿然不动。边上的一对村民夫妇说："你大胆走，前几天整条河上都可以通行，你站的背阴处，冰还是很厚，随你蹦随你跳。"蹦跳我可不敢，万一掉下去了，可没有罗盛教来救我，即使淹不死我，也要变成一个冰人。

在神秘的大自然面前，我实在是不敢去冒险。

而我自己也绝对没有想到，下午会有什么样的惊险在等着我。

吃完午饭，老薛早早地上楼喝茶去了，我为了消食，给他发了个微信，我一个人去山中走走。

山上新开辟出一条道路，居然非常宽广，两旁还种上了庄稼。我沿着新路一直走，路的尽头变成了一条羊肠小路，我径直走过去。路越来越窄，穿过了荆棘，路上都是落叶，依稀还有路的影子。我不想原路返回，我想朝前走，我想肯定能找到我平时从另一个山头上山经常走的山路。于是，也不知道哪根神经搭错了，我直入山的腹地。我抬头的那块山头艳阳高照，我脚下的小路上铺满厚厚的落叶，我揪着树枝藤蔓向那个山头爬去。爬到山顶，看见有一个废弃的房子，估计是以前守林人住的，现在已经坍塌。但它却给了我信心，这里一定能够找到下山的路。我还是固执地往前走，依然不想走回头路。然后，找相对好走且平整的地方下山。我的脚下已经完全没有路了，我只能机械地往前走，此刻我也已找不到回去的路了。不知不觉间，我又登上了一个山头。我穿的是一双军警靴，根本不适合爬山，又穿着一件宽大的长羽绒服，已浑身冒汗，内衣已紧紧贴在身上。戴的帽子早就摘下来，拿在手里。手机一会儿拿手上，一会儿放袋子里，得经常摸一下，看看有没有滑出去。

此时的我还没有特别害怕，太阳还高高地挂在山头，看时间三点还不到。当爬到第三块山头下山时，我摔了好几跤。一次脚踏空，滚了几步，幸亏抓住了一根树枝。还有一次抓了根枯树枝，断了，摔了个屁股朝天。经常有冷不防冒出来的荆棘刺扎着我裸露的皮肤，脸上手上划出了好几道血痕。正在绝望之际，我忽然发现我的脚底有一条干涸的小河。我一下又有了信心。我沿着小河几乎半爬半走的，小河上的石头都是潮湿的，有些还布满了青苔，我稍不小心就会滑倒。人开始烦躁起来，慢慢地开始恐惧起来。打开手机查看地图，村庄就近在咫尺，但我就是走不出去。我慌不择路，又爬上一个山头，但仍然找不到下山的路。无奈跌跌撞撞地下来，突然我的脚下现出一块平地，下去是一层一层梯田一样的，很显然，在很久以前这里曾经是良田。我又有了一点信心，又往回走。这时，在我的前方突然出现一座坟墓。我一点也不怕，到那座坟前，发现有刚烧过的纸灰。确实，离冬至上坟也没有几天。于是我穿过一片荆棘，好像看到了路，但走到一半，又杂草丛生了，其实那个时候继续往前走，跨过去，就可以找到路了。但我没有，又转身，回到原来的小溪旁。

眼看着太阳要落山了，我已经转了五个山头，在大山深处转悠了三个多小时了，太阳也已经渐渐西斜，这下我彻底慌了，开始向老薛哭着打电话求助。老薛把我骂了一通之后，我一个人又在山林中漫无目的地爬着。老薛最终还是不放心，找来了，他叫我位置共享。我们互相喊着对方的名字，一开始还能听到声音，最后又越来越远了。

后来，他领来了村民，我们一直相互喊着，叫我在原地等着，不要走了，等他们来找我。最终他们还是找到了我。我想在先生的怀抱中大哭一场，但他远远地走在前面了；我想大声地哭，但只听到自己的呜咽声。前面有一道坎，我想张嘴喊老薛，你拉我一下。但我没有，他已经跟村民一起拐弯了，因为他也许已经很放心，因为我的脚下是一条坚实的路。终究，我还是爬过了那条坎，努力小跑着追上了他们。只听到他在说："这是她自作自受，一个人也敢往山中走，万一手机没信号，万一踩到野猪夹，万一天黑了，这大冬天的。"我听到这里，两腿哆嗦，眼泪终于夺眶而出。

　　忽然想起很多年之前的上河的那次大救援，不知道出动了多少人力物力，甚至派出了好几架直升机。而我如果真迷失在崇山峻岭中，是否也需要那样的大救援？此刻，我是从鬼门关走了一遭的人，我告诉自己，什么时候都不要跟天去斗，跟地去斗，你在大自然面前连一棵树一株草都不如。

到昆明避暑

离开家，到远方，无非就是暂时走出已经习惯的舒适圈，来寻找不一样的风景，感受不一样的风土人情，然后回家，期待再一次出发。

7月中旬，我来到了被誉为四季春城的昆明避暑。

昆明真的是名副其实的避暑胜地，这里真的是太凉快了，最高温度只有二十五六度，我在家里穿长袖长裤还觉得冷，不得已还得套上一件外套。带来的裙子一直束之高阁。出得门来，更是让我大跌眼镜，这里很像我们乍暖还寒的初夏，真的是乱穿衣。我居然有看到穿小棉袄和羽绒背心的。穿毛衣、厚外套是最寻常的，穿短裤短袖的是那些小年轻，为了赶时髦。暑假正值昆明的雨季，它几乎每天都会下一场雨。一会儿阴云密布，它会下上一场透雨；雨过后，又会阳光灿烂，蓝天白云。太阳下，紫外线特别强，你会感觉到特别晒，所以在太阳下走的人，一般都会包得严严实实的。而在屋檐下或在大树下，又是凉风习习，风吹来，甚至会起鸡皮疙瘩。

这里到晚上8点多，夕阳还没下山，所以他们的晚饭基本在七八点才开始吃。这里的夜市特别发达，大街上随处都是摆小摊的，尤其是烧烤摊，烧烤的香味随着烟雾升腾在空中慢慢地消散。小吃街上往往是一间很小的店面，门口会支上很多小桌子，放些小塑料板凳。我找了一家门庭若市的小吃店，要了碗招牌米线。一张小高桌置在门口，桌子上方的墙壁上竖了块点餐的牌子。我意外发现，点餐的老板居然少了一只胳膊。他一眼看出我是个外地人，推荐我吃小碗，吃口味清淡点的，还特意问我能否吃辣。等到端出来的时候，我在自助区添佐料的时候，他又特意过来提醒我，少放点辣，担心我吃不习惯。这碗粉，红红的汤，泛着油光，上面点缀着几朵绿绿的薄荷，几颗麻椒。里面的佐料真的是丰富，有韭菜酸笋小肉末，尤其是有一种像豆腐花一样的豆腐，嫩嫩的，有一点酸味。味道真心不错。已经晚上 7 点多了，夕阳斜斜地照在树上，街上一地斑驳的树影。风很大，我吃着这碗刚出锅的热气腾腾的粉干，非但没出汗，还觉得有点凉。

晚上，我铺了垫被，盖了一床薄薄空调被，半夜被冻醒，我打开手机看了一下温度，才 18 度，只能再铺上一床小毛毯。五点半醒来，外面还黑茫茫一片，到六点半天才蒙蒙亮，七点半左右太阳才探出头。看来，我得入乡随俗，改变一下生物钟。从今天开始，我要努力习惯起晚睡晚起的生活。

早起跑步的习惯已经养成，我来到江边，浓烈的桂花香扑鼻而来。我抬头一看，两旁的桂花树开得正盛。这里的天气很像我们江浙一带的金秋十月，难怪桂花会盛开。我又何其有幸，居然能在盛夏的六月闻到桂花香。只是很遗憾，在这里我即使跑 40 分钟，也只是微微汗，再也感受不到那种大汗淋漓的感觉。

离开家，到远方，无非就是暂时走出已经习惯的舒适圈，来寻找不一样的风景，感受不一样的风土人情，然后回家，期待再一次出发。那么，此刻，就让我好好享受在昆明不用开空调的避暑时光吧！

逛菜地

胖胖的玉米，长长的豆角，紫紫的茄子，绿绿的辣椒黄瓜，红红的西红柿在晨风中招摇。

六月，正是"黄梅时节家家雨，青草池塘处处蛙"的梅雨季节。难得一大早不下雨，太阳早早出来了，五点钟天已透亮，我也早早地起床，趁周末，去学校分给我的劳动基地逛一圈。

我戴上斗笠，来到菜地，一路凉风习习，湿露沾我衣，菜地边已经停了一溜的电瓶车和自行车，菜地里也非常热闹，有除草的，有打虫的，但更多的是收获劳动果实的。胖胖的玉米，长长的豆角，紫紫的茄子，绿绿的辣椒和黄瓜，红红的西红柿在晨风中招摇。摘我吧！摘我吧！到明天我就老了，我可是主人您的汗水浇灌的果实啊！

而我直奔我的菜地，由于长时间疏于管理，草盛菜苗稀，繁密的草甚至让我不敢靠近，我甚至担心有蛇安静地栖息着。太阳越来越晒，我也没有拔草的劲头，就回家了。

从小妈妈就教我嘴要甜，见人先微笑，然后喊声爷爷奶奶。现在，我也老了，顶多喊声大伯大叔，更多的是，喊声大姐大哥。今天也是，见人，先打招呼："大哥，您这菜种得可真好啊！每天来转一圈，看着也开心吧！大哥，您看上去有六七十岁了吧，怎么连遮阳帽都不戴呢？"我看见小径旁一位大哥，他脸上豆大的汗珠往下淌，白汗衫已经半湿了。我就停下来，跟他唠上几句。大哥他正在摘小番茄。他招招手说："过来！你渴不渴？摘几个吃吃，好吃着呢！"西红柿密密麻麻的，一串一串地红红地挂在枝头，非常惹人喜爱。我摘了几颗，用手指摩挲了一下，放在嘴里一咬，西红柿汁就暴出来，酸中带甜。"好吃！"我脱口而出。"摘一些去，颜色有点变红的都可以摘了，你放到明天就全红了，小番茄生吃，就是小水果，特别好吃。"于是，我也不客气了，开始采摘！也不忘忙里偷闲塞几个到嘴里。太阳更大了，大哥索性把他摘在篮子里的小番茄一股脑儿倒在我的塑料袋里。篮子里还有长豆角、黄瓜。他还说，拿回家也是分给左邻右舍，我跟老伴根本吃不了那么多菜，老掉烂掉又舍不得，还有，以后经过的时候，不管我有没有人，你随便摘。我只能连声说："谢谢！谢谢！"快到路口的时候，一个大婶正在摘茄子和大西红柿，我打了声招呼后，她也叫住我，捧了一大把茄子和红艳欲滴的西红柿给我。

我拎着沉沉的袋子走在田间小路上，我又何德何能，受到这些素不相识的人礼待？而我此刻却是心安理得。我也是农民出身，从小也在泥土里摸滚长大的，也亲身感受邻居们的热情。邻家有瓜，你随便摘个尝尝，他家有新鲜菜，你尽管拿。乡民们的淳朴善良哺育了我们这些乡村孩子。后来上鲁迅的《故乡》，闰土说："走路的人渴了摘一个瓜吃，我们这里是不算偷的。"我的学生们好像都不相信，但我很庆幸，我总是能碰到这么美丽的传说。

太阳已经升得老高了，忽然一阵风吹过，居然很是清凉，快出梅了吧！炎热的夏天也即将到来，也愿我的往后的日子也能热情如盛夏。

山里人家

铁锅里烧出来的大锅巴，抹上了盐抹上了油，真的是童年的味道。

抛坑顶村，一个躲在浦江最西部的小山村，只有两个老人居住在这里，这个村子是一个即将要消失的村庄。

我们在三角潭林场吃完丰盛的晚餐，已六点多，山里相对比外面要黑得早点，但我们一行五人实在得消消食，决定还是去造访一下这个神秘的山顶村庄，林场老人说来回得一个多小时，回来七点半左右，应该能够在夜幕降临前回来。

我们往山顶走，有一段刚好是水泥路，都是上坡，而且很陡，一直蜿蜒而上。再上去就是机耕路了，两边都是挺拔的山，三角潭林场应该是全县最大、原始森林最多的林场，有许多像杉树这样的珍稀树种。行到一处，天突然阴下来，两旁都是清一色的高大林立的竹子，根根笔直地冲向云霄。这里也特别阴凉，我们虽然在走上坡山路，但没有大汗淋漓，山风吹来，身上的微汗就干掉了。我们置身在静谧的山野，鸣蝉卖力地歌唱，鸟在枝头欢叫，晚风吹过，有树叶的沙沙声，我好像忘了自己，我只是一个无知的小精灵误闯到了森林王国。

三个男人走在前面，远远地撂下我们。今天走的路实在太多，我的脚步明显沉重起来，但我从没想过放弃。徐水法老师把这里写得那么传奇，我一定要目睹这个村庄的风采。我边走边给徐老师发照片，但到山顶，已彻底没有信号。

　　这里是名副其实的两个人的村庄，男主人告诉我他82岁，以前有39人常住在这里。但我逛遍整个村庄，也只有两幢泥房子，没有任何新房。房子真的很旧了，上面的标语就是一个古老时代的最好的印记。两个老人在村前房后开辟了菜地，菜的长势都很好，我发现村旁有一条小溪蜿蜒流过，菜地中央居然还有一口古井，我探身一看，水还挺满，而且很清澈，像镜子一样，清清楚楚照出我的脸庞。村口还有一棵大梨树，非常醒目，感觉像村庄的标志。最引人注目的是，路两旁放着很多的蜜蜂箱。老人告诉我，这是纯野生蜂蜜，每年光养蜂的收入就有十几万元。老奶奶正在门前边看电视，边扎着刚采来的箬叶，晾在门口的还有很多。我和群妹妹忽然对晾在门口几块大石头上的那一大捧六月雪感兴趣，这真的是童年的味道。那个时候几乎家家户户农人都会在钵头里泡上一钵头六月雪，下午去割稻拔秧种田的时候装上一茶壶，渴了，一家人都对着那壶嘴猛吸一气，哪有像现在那么讲究，一人一个杯子，洗脸时一人一条毛巾。我也很纳闷，那时候的我们很少生病，很少中暑，虽然有六月雪的功劳，但更因为我们过的是真正的夏天，该晒太阳就晒太阳，该流汗就流汗。

　　回到山脚，7∶30左右，我们剖了个山西瓜吃了起来。我们谈起这个村庄，随着经济的发展，很多村庄都已消失了，这对老人不知道还能够固守几年，山上没信号，万一生病了或发生意外来得及抢救吗？但，他们守着他们的家园，简单的生活、清新的空气、原始的生活方式，至少让他们觉得是快乐的、充实的。此刻，我竟有点羡慕他们，羡慕他们的与子偕老。

今天我专门造访这个神奇的村庄。昨天我去了水竹湾，本想趁大夏天去漂流一下，结果很多漂流的河道是断流的、干枯的，根本没法漂流，看来真的需要下几场透雨了。但还是有很多小水潭，"溪流见底，游鱼细石，直视无碍，潭中鱼可百许头，皆若空游无所依，日光下彻，影布石上"，真的，全程再现了《小石潭记》的风采，我不是柳宗元，我可快乐着呢！我脱下球鞋，与清凉的溪水亲密接触，与顽皮的小鱼逗乐，蝉声聒噪，鸟声悠扬，真的其乐无穷。

神奇的是在小石板上，我们还邂逅了一条美丽的小青蛇，她安闲地蜷着身子安睡在小石板上，这里太清凉了，我们给她拍照，在她的身旁吵嚷，她都懒得动一下身子。同去的群妹妹，非常怕蛇，也斗胆拍了张照片，她说，这小青蛇太漂亮了，说不定前面还有她的姐姐白娘子在等她呢！我们往上走，果然看到一条稍大的白蛇皮，我们都笑谈，白蛇变成白娘子跟许仙约会去了，说不定现在正在西子湖畔的断桥处风花雪月呢！小青你就安心睡吧！

然后我们转到三角潭林场，我认为这是小浦盛夏最凉爽的地方。我每年都要来几趟。这里的守林的老夫妻长年累月住在山里，跟我很熟了。我讲到那条小青蛇，他马上说，这里的蛇可多了。有一天晚上，我们上楼睡觉，楼梯口盘着一团黑乎乎的东西，是一条剧毒的蝮蛇，我用小竹棍敲敲它，让它跑到树林里去。还有一次，我从米缸里舀米，手一碰，感到凉凉的，一看，一条巨蛇蜷在米缸里，那天真是被吓了一跳，幸亏没被咬。你看着蛇很恐怖，其实它不会莫名其妙咬人，只要别去惹它，它其实是很温顺的。这几天，几乎每天半夜三更都有抓蛇的人，抓到一条毒蛇，市场上卖一千多一条，但毕竟危险啊！每次我都劝说他们不要捕蛇，毕竟捕蛇也是违法的。我不觉听得痴了，人到哪里，都会练就一身生存本领，可惜现在的孩子都生长在大蜜缸下，很少经受过恶劣的生存环境。

晚饭依然都是土菜，一只红烧野鸡、一碟咸肉、笋干炒咸肉、蒸蛋、烫卤水豆腐、空心菜等，都是大铁锅里烧出来的。铁锅里烧出来的大锅巴，被抹上了盐和油，这真的是童年的味道。我和群妹妹还抢着喝米汤，不知多少年没喝到过了。

吃完饭后已经 6 点了，山里已凉爽下来，我看室外温度只有 26 度，吃得太饱了，我们一行五人就在三角潭林场四处转转，消食。夜幕降临时回城，路上还是兴趣盎然地谈论着那条小青蛇。但愿今晚美丽的小青蛇能在我的梦中，给我一个甜甜的美梦。

一次难忘的春运旅途

我相信游子回家的心都是一样的，都要在年关时赶着回去吃那顿除夕的团圆饭，所以每年的春运故事依然在上演。

20多年前的那年寒假，我儿子7岁，弟弟在杭州打电话来说，年前他要去合肥出趟差，索性你带上母亲和儿子一块去，就当去见下世面。

合肥很近，但弟弟说，咱坐飞机去，回来就坐火车。我、母亲、儿子都是第一次坐飞机，感到非常新奇和激动。弟弟说，飞机在起飞和降落时，人最难受，甚至会耳朵痛，耳朵里会发出"嗡嗡"的响声，这时你们可以不断地打呵欠，以缓解不适感。然后，我们三人还真连续地打呵欠，直到飞机升上天空。现在，每次坐飞机也会习惯性地这么做。飞机上其实很舒服，一人一个位置，井然有序，还有飞机餐吃。儿子更是非常兴奋，一直趴在窗前，指着起伏变化的云惊呼个不停。

到合肥了，这也是我人生中第一次住上五星级宾馆。记得很清楚的是，宾馆人员的服务态度真的超级棒。母亲在餐馆吃完饭后就拉肚子了，弟弟就打电话给前台，不一会儿就有服务员把药送到房间。

我们游了宣城，感受了源远流长的宣纸文化；去了芜湖，芜湖被称为"小杭州""小西湖"，也有七彩喷泉。我们一路吃了很多美食，但是毕竟年关近了，母亲更是归心似箭。

回来时，已是年二十七了，刚好遇到春运最高峰。我们定下归期后，弟弟一直在买票，后来也只抢到一张座位票，两张站票，还是晚上6点多的，意味着整晚都要在火车上过。

合肥火车站里人山人海，候车厅里乌压压的都是旅客，很多人甚至铺了块塑料布坐在地上，边上都是一大袋一大袋的包裹。那时候用行李箱的人不是很多，很多人背井离乡去打工，拎的是蛇皮袋、大布袋，看上去好像是逃荒的。上火车了，位置留给老母亲坐，儿子让母亲抱着。过道上，车厢交接处都站满了人。儿子很不安分，在拥挤的人群中钻来钻去，我跟在后面喊，引来许多旅客的不满。车厢里空气很浑浊，各种零食散发着各种气味。还有操着各地口音的老乡在高谈阔论，难怪有人说一节小车厢就是一个大舞台，形形色色的人各自表演着精彩的故事。到八九点了，我叫母亲眯一下，母亲还是不放心，担心我们看不住行李，说上下车时，被别人拿走了怎么办。所以她像母鸡孵小鸡一样紧紧地护着我们的包裹，包裹里无非是一些我们买的特产。

到晚上十一点多，车厢里渐渐安静下来，很多旅客已经在打瞌睡。过道上的有些旅客也干脆盘坐在地上，倚靠在行李上打起盹来。儿子也早就趴在母亲怀里睡着了。后来我想了个办法，在母亲的座位下铺了一件衣服，把熟睡的儿子头朝里，脚朝过道，塞到座位下，我站边上护着他。在哐当哐当的有规律的节奏声中，他倒是睡得很舒服，一直睡到杭州。而母亲终究没有睡觉，一会儿站起来非要让我和弟弟轮流坐在位置上，一会儿又担心我们马虎，坐过站。所以每到一站，就要问我们到了没。我担心有人碰着儿子，也不敢睡觉。所以我一直看着窗外，窗外黑漆漆的，看不到外面的风景，偶尔会有几盏路灯闪过，马上又归于黑暗。那时智能手机还没有普及，人们更多的是读报看书，打发漫长的旅途时间。我和母亲隔几分钟就会看一下时间，看看几点能到杭州。

现在，出行基本是私家车，春运时堵车倒是常常碰到，但是再也没有那一次春运坐火车让我印象深刻。况且现在互联网技术这么发达，人们可以提早在网上订票，乘车已不用车票，刷身份证就行，行李都可以快递，一切都那么方便、快捷。但是，我相信游子回家的心都是一样的，都要在年关时赶着回去吃那顿除夕的团圆饭，所以每年的春运故事依然在上演。

第六章

岁月芳华

岁月不会倦怠，容易老去的是人，

零落成泥终将不负芳华。

减肥记

是的，我相信，减肥也许是一个女人终身的事业，这事业必须永远靠自律来支撑。

因为儿子要结婚，我得穿上旗袍去走个秀。

闺蜜跟我说，你太胖了，得减肥，穿旗袍才会好看，儿子结婚，多隆重的场合啊！一辈子只有一次呢！

同事跟我说，听说你儿子五月份要办婚礼了，现在还有三四个月，减肥吧，你穿旗袍肯定很有气质。

连老母亲也这么说，以后少吃点，你们亲家可是很瘦，身材很好，不要被她比下去。平时的老母亲可是希望我越胖越好。以前每次回娘家探望，她可是一眼就能瞧出我的胖瘦，如果瘦点了，她就会喋喋不休，叫我多吃点。

于是，我下定决心减肥。

2020年的春天，正是新冠疫情肆虐最凶的时候，我整天待在家里，上午上网课，下午备课改作业，然后就是研究做各种美食：炸油条，做花卷，烤面包，蒸包子，包饺子，等等。经过无数次的实践和失败，我后来样样精通，甚至先生都赞许我，这面食水平足以开个小吃店了。吃完，不是坐就是躺，体重真的是

"噌噌噌"地往上蹿啊！本人的标准体重应该是105斤左右。本来，我从来没上过110斤，那天一上称，居然114斤了。难怪我走楼梯都要喘气。因为在家基本穿宽松的家居服，有一天，我试了一条紧身的牛仔裤，却怎么塞也塞不进去。

这真的伤到我了！

于是，我开始稍稍管住点嘴。少吃面食，尤其是油炸食品；少吃肉，尤其是猪肉；多吃蔬菜水果，饮食以清淡为主。不能出去锻炼，就跟着视频做点操。我还自创了一些锻炼方式，在墙壁上击打乒乓球，在庭院里打羽毛球，拍篮球，每天虽没有大汗淋漓，至少有微微出汗。但收效还是甚微，减掉两三斤之后就停滞不前了。

四月中旬开学，我期盼的婚礼也就指日可待，结果被告知五月份不能举办婚礼。于是，我们把婚礼又改期，定在了9月13日，这就意味着我还有足够的时间减肥。我也知道，靠我自己的单纯的节食和不规范的锻炼肯定不行。于是在朋友的推荐下，我去了一个健康的减肥机构。

美容床上躺满了减肥的女子，我试探着问了一下，都说减肥效果很好，我也就立马交了钱，防止自己坚持不下去，毕竟这是真金白银买的，可以给自己一点压力。轮到我时，美容师便给我点穴位，然后按摩肚子，前后大约十五分钟。然后，老板叮嘱我一些注意事项。大致以下几点，每餐准备一个固定的小碗，饭和菜放在一起，就吃那么浅浅的一碗。面条也是，饺子和馄饨只能吃六到八只。上午九点到十一点、下午一点到三点和晚上八点之后，绝对不能吃东西，连水也不能喝。因为这两个时间段，人的吸收能力最强。上午九点和下午三点，如果实在饿得吃不消，可以吃点水果，或吃片小面包、小饼干等小点心。水果可以吃猕猴桃、苹果、火龙果等。香蕉、西瓜、葡萄、芒果、榴梿等水果，甜度太高，也禁止碰。第一天，我严格遵照执行，结果第二天就瘦了1.8斤。一下子信心来了，那段时间我不去聚餐，不贪吃，偶尔也会犯一两次规。但每天真的都有减下来，一个月后减掉了5斤。我继续坚持，2个月后减了8斤，体重为102斤。碰到我的人，第一句话就是，楼老师，你生病了吗？怎么瘦了那么多！脸色也不是很好，我也没多作解释。

9月，婚礼如期举行，旗袍当然是轻轻松松套进去了，在T台上，我穿着高跟鞋，踏着轻快的步伐，配着翩翩的身姿，略施粉黛的我，确实赚足了眼球。

减肥，永远是一场没有硝烟的战争。慢慢地，我开始不约束自己了。而且我向来又是个乐天派，况且美食当前，不吃，这不是大大委屈我这五彩缤纷的人生吗？尤其是聚餐时，禁不住朋友的那句经典名言，吃饱了才有力气减肥，今天先别辜负这些美食，咱明天再减肥。于是我开始放肆地吃，又回到了大碗喝酒、大块吃肉的时光。我不敢再站上体重秤了。越胖就越懒得动，如此恶性循环。这回，不单单是身材问题了，身体也开始亮红灯了，每天总觉得没力气，做什么事也提不起兴趣。

终于去请教了一位老中医，老中医给我开完药后，对我说："这个药也只是给你调理一下，你不要指望着药到病除。真正的医生从来都是你自己，你要看开一些，乐观一些，豁达一些。还有到这个年纪了，切忌暴饮暴食，饮食节制点。最重要的是，多运动，快走，慢跑，练瑜伽，我看对你挺适合。管住嘴，迈开腿，需要靠强大的自律支撑。你当老师的应该可以做到吧。"我忽然有种醍醐灌顶的感觉。

减肥也给我滚蛋吧！什么东西都吃，但什么东西都浅尝辄止。饮食以清淡为主，尽量自己动手做饭。不再熬夜，周末多接触大自然，每天一小时的运动。不知不觉坚持了一个月，睡眠香了，走路轻快了，感冒君也没有找上我。更重要的是，体重也稳中有降。

是的，我相信，减肥也许是一个女人的终身事业，这事业必须永远靠自律来支撑。

记忆中的年味

年味，红红火火的年的味道无非就是家人团圆、灯火可亲。

到了腊月，年的脚步越来越近了。昨天父亲打电话来，说年糕已经做好了，有空来拿几根去。老父亲还是遵循老传统，每年的年末总要雷打不动地打年糕，好像只有大冬天的，水缸里养着些白胖的年糕才有过年的样子。他还灌了几斤香肠，腌了一些腊肉，都在冬日的阳光下闪着光。

小时候是那么盼望过年，总觉得那时候的年味特别浓。

过了腊月二十，一般开始杀年猪，这可是家家户户的大事，那时候有专门的屠夫，每家每户都排队等着。杀猪那天，母亲不准我们起床看，也许是不想让我们看杀生的场景吧。天蒙蒙亮，楼下就很热闹了，我们姐弟仨其实也早就醒了，都竖着耳朵听。当听到宰猪时，猪发出凄厉的吼声时，我们会不自觉地捂住耳朵，屏住呼吸，这可是我们朝夕相处了一年的肥猪啊！当猪从猪栏里被赶出来时，母亲总在猪栏边念念有词，这是有一次我躲在楼梯口看到的。我们深知母亲对这头猪的特殊感情，在前一晚，母亲会喂最好的食物给它，这可是它最后的晚餐啊！当厨房里飘出诱人的肉香时，我们就飞奔到楼下。母亲在大瓷碗上放上一块白切肉、一块猪肝、一大块猪血、几段大肠，让我们分别端给爷爷、伯伯、叔叔家。

腊月二十三，开始掸尘。门窗、屋檐上、天花板上等，所有的角落都不放过。我的任务是负责洗所有的碗碟，把所有的碗碟放在篮子里，端到明堂里。印象中是先用草木灰擦碗上的陈年污垢，然后荡洗干净。幸亏那时候用的水都是井水，没有像现在自来水那么冰。

记忆最深的是过年之前切冻米糖和烤火糕。切冻米糖，父母亲必须请专门的师傅来完成，我们孩子更加帮不上忙。烤火糕就不一样了，得全家总动员。火糕的制作过程很简单。把米碾成粉，和上放有糖精的水，放入一点橘子皮和芝麻，搅拌匀，再放到蒸笼里用旺火蒸熟，这些都由母亲来完成。我负责烧火，我一定会添大块的柴，中途绝对不能熄火，否则很有可能半生不熟。其间，我们姐弟仨都会守在灶台边，看着母亲在热气腾腾的锅灶上忙碌。偶尔母亲会挖出一小块，突然塞到我们嘴里，让我们尝尝糕熟了没。我们都巴巴地等着。等冷却后切成片，然后支个破铁锅做的炭炉，在烧得红红的炭火上，罩个铁丝网，把糕片一片片地烘干。我们一家人围坐在火炉旁，户外寒风凛冽，户内温暖如春，闻着那扑鼻的香味，简直像进了童话王国。我们姐弟也曾故意烤焦几片，抢着往嘴里送，也曾好几次烫伤了舌头。

如今，这样的场景只能成为永远的回忆了。但每次回忆起来，内心总有一种悸动。年味，红红火火的年的味道无非就是家人团圆、灯火可亲。

岁岁年年

希望随着岁月车轮的缓缓滚动，我能明白更多的人生哲理，让自己的人生活得通透些。

我挥一挥衣袖，即将作别 2023 年。我也许不会带走西边的一片云彩，但我会把 2023 年永远当作特别有纪念意义的一年镌刻在我的记忆年鉴上。

这一年，我完成了真正意义上的一个人长途旅行。我一个人去昆明避暑了 21 天。自己订来回机票，一个人坐飞机。去的时候还好，义乌是个小机场，手续简单，机场里面也不用转来转去。回来时，担惊受怕，所幸有惊无险。我买的是 8：10 的飞机，设置了 4：50、5：00 的两个闹钟，结果整一晚，每两小时醒来一次，后来索性 4 点起床了，再一次仔细整理好行李。预约的车子 5：30 到小区门口等，网约车倒是很守时。6：10 到机场，因为是旅游旺季，机场人山人海，第一道安检就排了很长的队伍。昆明长水机场非常大，去云南旅游的几乎都要在这里中转，而且毗邻南亚，跟南亚东南亚的边境贸易也很频繁。出门我一般嘴勤，不管是咨询处，还是穿制服的工作人员都会热情地为我服务。我乘坐的东方航空在 G 区域，设置了非常多的窗口，但都排着老长的队。人性化的是机票和托运都在同一窗口办理。经过严格的安检，我急匆匆地寻找 38 号登机口。不知道是否义乌是个小机场之故，我的登机口实在是太靠角落。我沿着指向牌一直向前紧赶慢赶，最后还要坐电梯下楼，再往前走老远的路。一看时间 7：25，我抓紧去上了个洗手间，等我出来，登机口已经没人了，我也慌忙地上了飞机。现在想想我都有点后怕，万一起得迟点，万一哪个环节出问题了，我就要误机了。

其间我去腾冲、大理旅游了 4 天，其他时间都待在昆明。我非常自律。房子是弟弟在昆明租的一套套间，他自己在杭州，只是公司有业务往来的时候，偶尔来昆明处理一下。一般早上 7 点起床，那边 7 点天才蒙蒙亮，沿着江边跑步 40 分钟。回来刚好有热闹的早市，买点水果和蔬菜。回家简单吃点早餐，或鸡蛋牛奶，或面包牛奶，然后进行 2 个小时的伏案写作。对于午饭，我从不凑合，每次都是一荤两素。昆明的腊肉、鱼、牛肉等都特别好吃，百吃不厌。然后午睡，2 点到 4 点又是固定的看书写作时间。晚餐就吃点粉干面条饺子，饺子我是一次性地包了很多，放在冰箱里。下午五六点时，就去小区走走，跟沿街的店铺老板聊聊家常。昆明人，还真别说，很热情，也很健谈。这次昆明之旅中，我的微信朋友圈多了好几个昆明人。夜幕降临时，已过 8 点，就看看电视、刷刷手机，11 点就上床睡觉。如此有规律的生活，加上适当的锻炼，加上不暴饮暴食，回来时，体重居然轻了好多斤，只是皮肤晒黑了许多，毕竟在高原上待了这么长时间。

都说人的一生当中至少应该有一次单人旅行，我也觉得这一次旅行非常能锻炼人，也成了我一生中非常宝贵的财富。相信在以后的岁月里，不管是在家中，还是在路上，我都会更加从容更加淡定地生活。

这一年，也是我写作颇丰的一年，在各大报纸、公众号上发表了几十篇作品。

这一年，我成功加入中国散文学会，申请加入浙江省作协，被推为县作协理事。

这一年，我守在手术室门口，焦急等待六七个小时，第一次感受到了至亲之人在生死线上挣扎的苦痛。

再见了，2023 年，你已永远成为过去，成为可以缅怀的历史。

送走了令人眷恋的 2023 年，迎来了令人憧憬的 2024 年。新的一年，我有许多愿望：希望自己写出更多的好文章；希望筹备出书的计划能顺利实现；希望能顺利升格，当上奶奶；希望寒假时能约上三五知己，去东北体验冰天雪地的白色世界。但我最想实现也一定要争取实现的愿望是暑假陪父母去昆明避暑。

趁父母还能走路，趁父母还能吃得消长途旅途奔波，趁昆明租的房子还没退租。我准备全程陪同，让他们能享受到大夏天不用开空调并得盖被子睡觉的待遇。

自从成家后，因为同在城里，近 30 年来几乎很少在同一屋檐下生活过。这一回，我决定好好陪陪他们。父母养育了我们 3 个孩子，在那样困难的时代里，他们节衣缩食，也要让我们姐弟仨读书。我想他们是不知道读书改变命运这种大道理的。他们只知道，你要想走出农村，不跟土地接触，不用日晒雨淋，唯有读书这条出路。作为农民的孩子，要想鲤鱼跃龙门，唯有考上大学，才是光宗耀祖的事。父母亲年纪大了，越来越喜欢忆苦思甜，我们小时候生活的细节，他们反而记得清清楚楚，每次周末回家都要喋喋不休地说。

这一次我一定拿出十二分的耐心，陪他们唠嗑，而且一定要当个最合格的听众，他们说一就是一，说二就是二，我再也不会像年轻时一本正经地纠正他们，我还会忍不住地点头赞许，随声附和。他们说过无数遍的事情，我都会当作第一遍来听，再也不会插嘴"揭穿"。不管父亲烧的饭菜是咸还是淡，我都会由衷地赞上一句："老爹，你做的饭菜真好吃。"陪两老去小区走走，再也不会讥笑他们在路上捡易拉罐，觉得丢我颜面。反而见到前面有个矿泉水瓶子，我也会捡起来，递到母亲手里。我们一起逛早市，逛夜市，感受不一样的烟火日常。我们也可以一起包餐饺子，一起吃个菌菇鸡肉火锅。我甚至可以大显身手，做几个拿手好菜，吃完后一本正经地"命令"他们："爸妈，我烧饭累了，要歇一下，你们负责洗碗。"我知道，我不能把所有的一切大包大揽，而是要不露痕迹地让他们干点力所能及的活，让他们感觉他们还有用，还没有老。

　　到现在，我终于明白"孝顺"的含义，原来"孝"的后面跟着的是"顺"，是顺从，因为越到老越活成了孩子的模样，需要我们做子女的多宠着他们，呵护着他们。

　　那么，就让我以最淡定从容之心来迎接 2024 年，希望随着岁月车轮的缓缓滚动，我能明白更多的人生哲理，让自己的人生活得通透些。

冬日温暖

以后，我每次碰到他在我家附近打扫的时候，都会主动地跟他打声招呼，他都会报之以腼腆地笑，我只是越来越感觉，我家门口的路越来越干净了。

我的卧室靠落地窗处放置着一个大沙发，说它大，绝不夸张，它几乎占据了房间的六分之一的宽度。这是一个布艺沙发，像一张床，整个人四脚朝天躺在上面，还有很多空间。

我买来这个沙发时确实有点心血来潮，当时房子刚装修完，冬日的午后，看着房间里铺满一地的阳光，我置办了这一个懒人沙发。想着我躺在沙发上，晒着太阳，看着闲书，是多么慵懒、幸福啊。而事实上理想很丰满，现实却很骨感，一年到头根本躺不了几次。回家更多的是在客厅里"葛优躺"。这个沙发也就一直突兀地霸占着卧室的最优位置，阳台上的衣服收下来，堆在上面，一些杂七杂八的小东西也随手扔在沙发上，沙发上永远乱糟糟的，越看越碍眼。三毛，可以把捡来的破烂化腐朽为神奇，而我只会暴殄天物。确实，很多的东西即使再美，只有放在属于自己的合适位置才能显示它的价值。

今天，我看着它越来越不顺眼。心血来潮，我想把它换了，放上一张小书桌，小书桌上放上一盏温暖的台灯，再放本笔记本电脑，无论是看书和写作，将更加方便，而且还省下了很多的空间。但这庞然大物该怎么搬出去呢？我真的犯难了。求助先生，他撇撇嘴说，先放着吧，我上班去了，我一个人也搬不动它，你也帮不了忙。我眼巴巴地看着他扬长而去。

于是，我卸下活动的垫子和靠垫。把底座拖到房门口，却怎么也移不出去，这庞然大物就这样堵在我房间的门口，我出入房间都得吸紧肚子，贴着墙壁。我忽然想请人帮忙，不好意思叫隔壁邻居，现在几乎家家户户都在隔离中。然后我想守垃圾房的大伯估计可以帮我，但去了两三趟都没人。我也只能耐心地在家守着，竖起耳朵听门外有没有收破烂的喊声。突然，我听到有三轮车的车辙声，我忙打开门，刚好看到一个穿黄马甲的打扫卫生的大叔从垃圾三轮车上下来，他的垃圾车就停在我家门口。我打量了他一下，感觉这位大叔块头蛮大的，最多五十岁，找他帮忙肯定可以，但我依然有点不好意思开口，他倒是大方地回瞧了我一眼。我就这样看着他从我家门口开始打扫，一直打扫到我家门前小路的尽头。然后回来倒好垃圾，准备踏上三轮车。"大叔，您能帮我一下忙吗？有一个沙发能帮我从楼上搬下来吗？不是很沉，就是体积有点大。"我忽然之间就这么开口了。大叔说："三楼吗？我试试看。"他腼腆地搓着黑黑的手。我看他连口罩都没戴，就顺手拿了个口罩叫他戴上。

他跟我直奔三楼，想不到很轻而易举地斜着把沙发从房间门移出去了，然后顺着楼梯小心翼翼地拖着沙发，全程不让我帮忙。我简直难以置信，我觉得这艰难的事情，于他却易如反掌，小菜一碟。趁他还在楼梯里折腾的时候，我从钱包里抽出50元，放进口袋里。搬到门口时，我问他："大叔，你不是本地人吗?""不是,河南的,我们过年也不回去了,这活只是正月初一休息一天,离不了人,我老婆也是干这个的。""来,把那几个卸了的也拿过来,这个你帮我抬一下,索性我帮你扔掉。"他真是帮我解决了大难题。我很清楚,这种家具废品根本卖不了钱,如果他能够用到,该多好啊!但我不敢说出口。装好后,我把50元钱给他。他又反复地搓着手,迟疑着。"拿着吧!应该的,你可是帮了我大忙。"我说着,硬塞到他手里。然后很快转过身,关上庭院的门,贴门倾听。过了好一会儿,我才听见三轮车离开的声音。

到此刻,我还是觉得我那50元花得太值了,我难以揣摩这位大叔他内心是咋想的,也许他根本没想过我会给钱,或会给这么多,毕竟才干了几分钟的活。但此刻,我至少觉得非常心安。但愿这位大叔也要感觉心安理得,因为大叔没有迟疑,义无反顾地帮了我这个陌生人,这颗热心善心给了我冬日的温暖。

以后,每次碰到他在我家附近打扫的时候,我都会主动地跟他打声招呼,他都会报之以腼腆地笑,我只是越来越感觉,我家门口的路越来越干净了。

幸亏没有上当

这两次经历真的太让人印象深刻了，骗子无孔不入，我们要时刻保持警惕之心。

我有两次电信诈骗的经历。我现在都在庆幸自己没有上当。

我记得很清楚，那天我照例一早去跑步。我每天跑步的时候都会遇到他，我可以肯定的是，他起得肯定比我早，我刚迈开腿准备跑的时候，他的汗衫已经半湿。他应该是一个很严重中风的人，一只手弯曲着，几乎不能摆动，另一只手挂着拐杖，靠着拐杖的力量，颤巍巍地挪动着脚步，走得那么慢，那么小心，每次经过他的时候，我都要绕行，我担心我带过的风都能把他吹倒。他却旁若无人，若无其事，只顾这样认真地来来回回走着。也许在他的意念里，只要我这样坚持着锻炼，终有一天，我可以扔掉拐杖，虽不能健步如飞，但可以独立走路。每次看到他，我都会无意识地加快脚步，继续奔跑，即使已经筋疲力尽，我希望自己在越来越走向衰老的岁月里，尽量让自己健康点，尽量不要成为儿子的累赘，或者至少能推迟成为孩子的负担。回来时，刚好碰到有一个人跟他交流，但我一句也听不懂，他也已经失去了语言表达能力。我还在想，也好，他这样的状态肯定不能接电话了，尤其是那些诈骗电话。

而我一到家，一个陌生的电话在我手机上闪个不停，就顺手接了。"你好！你叫某某某吧！你的身份证号码是……都对上了吧！我们是金华市防疫中心的，你现在收拾好东西，防疫人员会上门接你去隔离。""不会吧！除了浦江，我任何地方都没去过，我们单位严格禁止出省的，你们一定是搞错了，我的行程码只有金华市，而且一直是绿码！"我极力辩解。"那么唯一的可能，你的身份证被异地盗用吗？你有传过身份证照片吗？现在我帮你接到上海市公安局报案，你不要挂电话，那边会有工作人员教你怎么做。"我很紧张，掌心里都是汗。过一会儿，电话通了。"我们这里是上海市公安局，某某某（我的名字）在静安区威海路 500 号四季酒店，7 月 23 日下午三点入住 8501 房，现在这个酒店出现疫情，因为疫情你不方便来上海，现在你打开微信，根据我的提示操作。""对不起，我感觉你们是骗局，我跟我单位联系一下。""你不相信可以来上海。"电话那边的声音显得有点语无伦次了。我挂断电话，这肯定是诈骗，叫我去上海，如果真如他们所说的，我还要祸祸多少人啊！然后给先生打电话，先生马上说，这肯定是骗局，都是套路。儿媳是上海人，她说即使身份证被盗，住宾馆现在都要刷脸的，何况要隔离，也是本地社区通知你的，以后还是不要接这种奇怪的电话了。

还有一次是发生在几年前。手机铃声响了，我一看来电显示，是广州的陌生号码，不接。第二遍又打来，不接；第三遍还是同一个号码打来，会不会是哪个在广州的家长呢？接吧。我拿起了手机。

"楼老师，你还记得我吗？猜猜看，我是谁？"好熟悉的声音，就是想不起是谁。"对不起，我真的想不起来了，请您报上大名来。""好伤心啊，真的想不起来我是谁了吗？暑假你不是去旅游了吗？再想想看！"

"哦，想起来了，你是袁导，OK先生啊，我们刚讲到过你呢。你来中国了吗？你不是应该在马来西亚或者在文莱吗？"

"我来中国办点事，现在在宁波，明天想来看看你们，方便吗？"

"方便，我们中国人是很热情的，明天到的时候你给我打电话。"

挂了电话，我还觉得很不可思议。暑假去了新马泰，就马来西亚的这个导游给我们的印象最深。他当然非常敬业，苦于普通话不是很好，但是竭尽全力给我们讲解。每次到临吃住了，他都先叫我们有心理准备。结果用餐、住宿的时候都会有意外的惊喜，因为我们每个人作了最坏的打算。这也许就是导游的一种策略吧。他也是唯一一个不向我们推销产品的导游，绝对不会给我们脸色看。他39岁了，在文莱拥有自己的广告公司，长得也很帅。就是这样一位事业有成、帅气的男人居然还没有结婚。他虽然普通话不是很好，但对中国挺有感情，他说他的父亲是个中国通，经常来中国。我也惊异于自己对他的印象居然那么深刻，也许在国外能遇到这么一个爱着我们中国而且心里坦荡的人真是难得。

然后我出于礼貌给他发了两条短信，他也很客气地回了。我期待着明天跟他见面，我们可不想失了中国人的礼仪。

早上起来特意换了双平底鞋，方便走路。九点半，电话准时响起。他说他现在很忙，还在宁波，等会儿再跟我联系。这次他的声音听上去有点变调了，但是到现在为止，我依然深信不疑。

九点四十分，电话来了。我先入为主："袁导，是你自己开车，还是朋友送你过来？你几点能够到我们浦江，我们请你吃大餐。""谢谢，我在车站，我自己坐车过来。对了，你那里现在说话方便吗？我有点事请你帮忙，我这里的一个哥们遇到急事了，你能借我点钱吗？我会还你的。""不行，这绝对不可能的，等我们见面了，我再帮你。""你真的不能帮我吗？真的不相信我吗？"他继续诱惑我。"不要跟我说钱的事情，我明白了，你是骗钱的，对不起，我挂了，我有急事。"

说完，我长吁了一口气。骗钱居然骗到我身上了，用的还是如此巧妙的迂回战术，幸亏我多了个心眼。

我马上拿起手机，删掉了这个号码和所有短信。

可是，那确实是那袁导的声音啊！他们怎么可能模仿得一模一样呢！

这两次经历真的太让人印象深刻了，骗子无孔不入，我们时刻要保持警惕之心。

一次有惊无险的网购

我也暗下决心，以后千万不要让这样的小乌龙事件再次发生，这不仅是对快递小哥的尊重，更是对网购的尊重。

我一直是个落伍的人，第一次安装微信是 2013 年 12 月。儿子和先生极力劝阻我不要玩微信，说我这人这么天真，肯定要被骗。后来还是办公室的吴老师给我申请了微信号，理由是要建班级群。支付宝也是后面才下载的，父子俩死活都不教我网购了。最终，还是禁不住诱惑，办公室的小姑娘手把手地教我如何在淘宝上网购。所以，我也记得很清楚，上网买的第一件物品是一双棉拖鞋，9.9 元。

网购足不出户，确实很方便，所以我也经常网购。但前几天的一次购物经历实在是太曲折了，所幸有惊无险。

七月份，我在昆明避暑了二十来天，回来时想带点土特产回家，买了些咸肉和鲜花饼，准备直接叫店家寄到家里。第二天，我无意中翻看与店家的微信聊天记录，可能当时太匆忙了，给店家的地址居然把门牌号写错了，128 号竟写成了 182 号。我赶忙联系店家，店家告诉我货已寄出。但是，他一再安慰我，别担心，快递员会打电话给我的，他们也会时刻留意物流情况，单子都是可以查的。但我还是将信将疑，以前从来没碰到过这种情况，万一货已送到182号，他们电话也不打，或我刚好在飞机上，接不到电话，他们就直接把东西放在门口。因为，我以前家里没人时，也有直接放在门口的情况。这可是上千元的东西啊！

我到家的第二天，接到店家的微信，说，东西应该今天会到，你就在家里等着。中午时分，电话终于来了，说："你是楼小姐吗？你们这里根本没有182号啊！"我赶忙告诉他说，我把地址写错了，不是182号，是128号，128号，我再次强调。"哦！知道了，改过来了，128号，我写下来了，现在我离你们那儿有点远了，还没吃午饭，等会儿给你送过来。"我悬着的心，稍稍落了地，但又在担心，他没听清楚地址，记成28号怎么办呢？我们小区住户很分散的。人啊！到慌乱时，总会乱七八糟地瞎联想。

下午两点，艳阳高照，货终于送到了。我看到快递小哥满头大汗，我连声道歉。小哥擦擦汗摆摆手说，这种事算小事一桩，我们也无非是多打个电话，多走些路而已，他说完便把东西一放，开着载货小电瓶车绝尘而去。

唉！这真的是一次有惊无险的网购经历，我也暗下决心，以后千万不要让这样的小乌龙事件再次发生，这不仅是对快递小哥的尊重，更是对网购的尊重。

琐记

我想即使以蜗牛的速度，我最终也能跑到终点。

今天我写几件琐事，小事情里面有大乾坤。

琐记一（跑步见闻）

炎热的三伏终于姗姗而来。

跑完，走路回家，扔完垃圾，坐在小竹椅上，等汗慢慢干掉的时间里，我就打卡写文字。回小区的路上，我看到地上一滩一滩的空调水，还听到不断的水滴声和嗡嗡的空调声。是的，此刻，还有多少人还在睡梦中，而我已经跑完一个小时的步，流了一身的汗，看了一路的风景了。

5：20经过大桥路文林美食的时候，各色早餐已热气腾腾，店主早就在包着馄饨。他们4点多就开门了吧！都是为了生活，都有属于自己的活法。

东山公园的小溪边有很多浣洗衣服的女子，溪流两旁都是高大茂密的树木，洒下一地的浓荫。溪水潺潺，清澈透亮，她们卷起裤管，就站在溪流中浣衣，不知道小鱼有没有在啄她们白嫩的腿。

每天还会碰到一对老人，他们脸上的皱纹很深，眼睛浑浊。老奶奶坐在轮椅上，脸上没有任何表情，眼睛也是呆滞的。老爷爷很瘦，但精神很好。老爷爷坐在石凳上，边上放着一个塑料袋，里面装了几个干的桂圆和荔枝。他颤颤巍巍且小心翼翼地剥掉壳，喂到老奶奶的嘴里，晨风吹过，掉落几片树叶，在他们身旁盘旋了一下，我忽然好感动，他们虽已处在人生中的夕阳下，追赶的却是每天的朝阳。

今天跑了一条僻静的林荫小道，只为能近距离地欣赏那一池的睡莲。清晨的睡莲正羞答答地准备静悄悄地开放。好神奇的物种啊！她的作息跟人一样，夜伏日出，不像昙花只有一现，而且偏要在晚上开。而睡莲就大大方方地在白天展现她的风姿，晚上就安安静静地睡觉，做普通人，走寻常路，就像我。

琐记二（常回娘家看看）

我顶着烈日到菜场，买来豆腐、肉和馄饨皮。

我又顶着烈日，把包好的馄饨和同事送的黄桃送到娘家去，担心老人家吃晚饭的时间早，得在下午 5 点之前送到。

其实我并不是孝顺女儿，娘家和我家只隔着一条江，走路十分钟，但我也并不频繁地去，有时候个把月也难得去一趟。如果超过一个多月，父亲一定会熬不住，定会电话打来试探，是不是工作很忙，是不是身体不舒服，好像好久没来看我们了，你妈整天唠叨你了，还七想八猜的。于是，我尽量一星期走一趟，但经常身不由己，于是这样的故事就周而复始地重演。

单位组织去旅游时，跟罗老师坐在一起，在众多的同事中，罗老师是我既尊重又敬仰的人，她不仅拥有一个非常优秀的丈夫，还培养了一个出类拔萃的儿子。但我们聊得最多的还是老人的赡养。去年，罗老师在遗憾中痛失母亲之后，人整整瘦了一圈，每次无意聊起母亲，她依然止不住泪如雨下。她的老父亲已年过90岁，行动已不便，因为子女都在上班，不能全程守候，只能放在养老院。上班时她每天都会去，现在正逢暑假，索性三餐她都代替护理员亲自去喂食。为了给老父亲增加营养，但担心生吃水果太硬，就把苹果、梨、桃子都煮熟了。后来更加学聪明了，更会添点西洋参、铁皮石斛、三七之类的补品进去。每天一个蒸鸡蛋，放点剁得很碎的肉糜。还有，老人最喜欢吃的是小馄饨，每次包一些，放在冰箱里，下午三四点时，晚餐和午餐之间煮一碗过去。我看着罗老师的手，手臂已晒得黝黑，手掌上青筋凸起，这明显是一双日晒雨淋、饱经风霜的手，而她在跟我聊这些的时候，脸上现出的却是幸福的表情。我忽然很是自责，多年来，我以为我一直可以无尽地向父母索取。到昆明，我因为喜欢鲜花，父亲却二话没说扛起了纸箱，想起那佝偻的背影，我现在都惭愧不已。

今天午饭时，我说我包些馄饨，顺便送些给父母亲。先生戏谑我，你终于开窍了，趁现在暑假，天天煮点饺子、麦饼、包子送去。这才有点做女儿的样。我真的能办到吗？我问自己。

琐记三（享受孤独）

暑假已过去大半，我从来没有如此有规律地生活过。因为六月份小病了一场，一直在努力调养身体。每天六点起床，洗好衣服、烧好早饭、吃完、搞完卫生，然后看一两个小时书或电视，然后烧中饭。午睡完，每天艾灸，摸索穴道。晚饭吃完，一个人去翠湖走路。不喜欢走金狮湖，虽然它离家更近，但总觉得金狮湖太大太绕。喜欢走翠湖，就这么单纯的一条道，笔直地通向彩虹桥。抑或是离家远，鲜少碰见熟人，我也可以一心一意地走我的路。洗漱完，近九点，然后每天雷打不动地写点文字。现在更多写给自己看，为不断走向衰老的自己留点以后回忆的资本。

我是会如此地享受孤独，当我不再热衷于灯红酒绿，甚至不再热衷逛街、聚会，我知道我可能已经逐渐走向衰老，但内心却更加强大。是的，世界是自己的，一切都与外人无关。一个人的生活也能过得很好。

没有像今年如此深刻地感到，只有现在，只有此刻是最真实的。只有抓住了现在，抓住了此刻，也就握住了生活的美好。

今夜，只有一弯月牙挂在苍穹。我在网上买了本书，想一个人静静地看。我打开包装，破损严重，中间一条大裂缝，封面和书完全分开，翻开来看，纸一张张掉落。书的定价是 32 元，而我的买价是 37 元。我真的是气不打一处来，就跟平台交涉。他们倒是很客气，也承认，说这书放在储物间很多年了。确实，整本书已泛着黄黄的岁月的时光，出版时间是 2009 年，否则定价不会这么便宜。店家倒是干脆，书退还，钱返还。而我觉得快递很麻烦，决定将书留着，我折价买下，我提议是退 20 元，他说15 元，那就 15 元吧！然后叫我发支付宝付款码，这些我从没操作过，捣鼓了半天，也就不管它了。

昨天，居然发现这 15 元真的到账了。其实收到书时，我真的很气恼，我也不稀罕这 15 元，只是觉得有被骗被耍的感觉。我只求一句话，你可以在书中夹个解释的纸条，或者跟我说明一下，我想我拆包裹时，心情也会好很多。但说实在的，我还真的想留下这本书，这毕竟已成孤本，我能尽量修补好，每晚都要看上几页，等看完，就当作经典好好珍藏吧！我何必在意那么多？我也忽然觉得，此刻自己的内心好强大，而这一切都是源于孤独这剂良药。

六月正是荷花盛开的时候，傍晚，夕阳落山时，我偶尔会去翠湖欣赏一下映日荷花。听说画家黄永玉也很喜欢画荷花，他说荷花秆虽是中空的，但它足以顶起一朵盛开的大荷花。荷花秆的切片里有无数的小管，整整一把圆管聚在一起，狂风暴雨袭来，荷花管固然柔软纤细，但既不会断也不会倒。荷花的特质不是与世无争，而是不可摧毁，于无声处坚韧地怒放。

最后，我想用黄永玉的一段话为这篇《琐记》作结："我能忍受你想象不到的那种委屈、那种痛苦，不是因为一件事，而是很多件……我是一个跑万米的人，不像跑一百米那么好看。要是有人说我跑得不好看，跑得慢，我也不必停下来跟他讲道理，那样太浪费时间了。让生命走得远一点儿，跑到终点就是我的目的。"

我想即使以蜗牛的速度，我最终也能跑到终点。

我的第一份劳动收入

　　我珍惜它，不仅仅这是我第一次靠自己的劳动所得的，更重要的是苦难的生活让我们更加懂事，更加珍爱亲情。

　　我相信对于第一份劳动收入，谁都会记忆深刻，我尤其是。我的第一份劳动收入，不是我参加工作后领的第一份工资，而是在我小学五年级的暑假赚的。

　　我用这份收入买了一本《现代汉语词典》。这是一本我要永远珍藏的书，现在书的封面仍用牛皮纸包裹着，外面还套了一只塑料袋。我小心翼翼地从书架上拿下来，虔诚地打开扉页，几行稚嫩的字迹跳入眼帘："楼利香于 1982 年 10 月 3 日买于浦江新华书店""路漫漫其修远兮，吾将上下而求索"。就是说这本词典我居然买于 30 年前。

　　尘封的往事一经揭起，记忆的飞鸟就展翅飞翔了起来。

　　那是一个很普通的日子，我捧着全班同学的语文作业本走进了语文老师的办公室。张老师正埋头翻着一本厚厚的书，只是有点奇怪，他不是按照顺序在看，而是东翻翻西翻翻，好像在查找什么似的。我好奇地问道："张老师，您看的是什么呢？看您看书好像一点都不认真。""傻丫头，老师这是在查几个词语的用法，这是一本词典呢，用处可大了，它可是个不说话的语文老师。"张老师神气地拍了拍封面说。这是《现代汉语词典》，我也想拥有一本。放学后，我跑到新华书店，第一眼就看到了它，它静静地躺在柜台上，诱惑着我，好像在向我招手。"阿姨，这多少钱一本？"我贪婪地看着那本词典，鼓起勇气问道。"两元五角。"阿姨拿出书递给我，笑眯眯地说，"小姑娘，想买吧？可有点贵哟。"我依依不舍地放下书。

回到家，妈妈正在烧晚饭，我赶忙扔下书包，帮妈妈烧火。"孩子，吃完晚饭，你去看一下爷爷，爷爷老毛病又犯了，刚从医院回来。"我刚要开口的话，马上咽回喉咙了，我怎么好意思向妈妈开口呢？家里那么艰难，供我们读书已很不容易了。晚上，我躺在床上，翻来覆去睡不着，忽然脑子里冒出一个念头，我何不想办法自己挣钱买呢？

要知道那时候攒一点钱是多么不容易，父母亲根本不会给任何的零用钱。只是有时候，爷爷叫我到小店买烟，多下来一两分钱，他会赏给我买几粒糖吃，但是光靠那几分钱，我要存到猴年马月啊！无论如何，我得自己想办法挣点钱。

暑假时，我和小伙伴们摸螺蛳。那时的池塘里的螺蛳可真多呀，螺蛳附在莲藕梗上，我们只要用双手往上一捋，满满一把螺蛳。螺蛳多得吃不完，有一天母亲开玩笑道："你如果有本事把螺蛳拿到集市上去卖，钱都归你。"我高兴得一蹦三尺高，我盘算着，一斤螺蛳八分钱，我努力点，说不定一个暑假就能存下钱。

于是，我不怕难为情，到城里集市做起了生意。可惜不能天天去摸螺蛳，农忙时要下地干活，平时还要看管两个年幼的弟弟。自留地里爸妈种了很多菜，也多得吃不完，母亲看我螺蛳卖得挺好的，每天起早叫我卖菜，钱归我。卖菜的日子里，我五点钟就得到菜地摘菜，菜基本是小青菜、茄子、西红柿、豇豆等，然后自己提着一篮子菜一步一挪地到早市占个小摊位。我都要把小青菜的黄叶剥掉，码得整整齐齐的，其他的菜我也尽量整理出最好的卖相。也许看我这个小姑娘忠厚老实，我的菜确实卖得很快。我确实从不缺斤少两，还经常多附赠一点。印象最深的一次，有一天，我敬爱的张老师也来逛早市了，我无处可躲，只能一直低着头。张老师还是发现我了，关心地问我，累吗？我摇摇头。要多看点书啊！我点点头，然后走过去了。现在想想，我那时候好傻，为什么不给老师一些菜呢？回到家跟妈妈说起这件事，妈妈也说我真是个傻姑娘。最快乐的是每天晚上，我总要背着家人偷偷地把钱数上几遍，然后又小心翼翼地藏好，不让两个淘气的弟弟看见。整个暑假我没买过一本小人书，甚至没买过一块棒冰。那时候我记得棒冰是三分钱一根，小人书是一毛多一本，而我拥有如此"巨款"，却能如此坐怀不乱，我不得不佩服我自己。

暑假快结束时我已经存下了两块三毛八，还剩下一毛二分。开学那天，父母亲把我叫到他们的房间里。母亲递给我五毛钱说："孩子，难为你了，爸妈知道你在拼命地攒钱，肯定有大用场。这五毛钱是我们奖励给你的，这个暑假你真的帮了我们很多忙。"我终于明白，我再大的秘密也是瞒不过父母亲的。

我终于用我人生中第一份收入，买了这本珍贵的词典，我珍惜它，不仅是因为这是我第一次靠自己的劳动所得的，更重要的是苦难的生活让我们更加懂事，更加珍爱亲情。

围炉煮茶

这次茶话会上，我不仅收获了快乐和感动，更深切地感受到网络的力量、公众号的魅力。

"楼老师，您好！周日下午有空吗？我们想邀请您参加'早安浦江'的茶话会，等会儿我们发邀请函给您。""好的，好的，有空的，我一定参加。"我挂掉电话，打开手机，一份精美的邀请函已经发在我的微信上了，我仔细看了一下时间和地点。

第二天我准时来到东街的"东街有礼"后面的大院子里。一张张小桌子上放着一个烤炉，烤炉上的茶壶已热腾腾地煮着茶，还有橘子糕饼甘蔗等烤在铁丝网上。现场布置温馨富有创意，舒缓悠扬的古典乐在上空飘荡，香糯的中余五彩麻糍，甜醇的浦江南山泼露清，氤氲的浦江茶，走心的上山杯伴手礼，无不体现了浓郁的浦江特色。

我很荣幸，作为诗人团队成员参加了这次"早安浦江"的两周年粉丝会。机缘巧合下，我投给"早安浦江"的第一首诗是《柴籽豆腐》，发表时间是2022年7月8日。每天的"早安浦江"公众号5：59首发。我5：30就醒了，一直拿着手机。当看到写着自己诗作的名字时，那个激动啊！然后看到朋友圈中有很多人转发。一个在美留学的学生专门发来微信："楼老师，看了你的《柴籽豆腐》，好想吃这道美食啊！我也想家了。"一个杭州的朋友，晚上也发来微信说："楼老师，你的诗写得太好了，'经过千锤万凿，脱去坚硬的外壳，经过无数次的凤凰涅槃，最终化茧成蝶，成为美丽的白雪公主。我不是黄豆，但我却做成了最贵的豆腐。我是天然的果冻，我是柔然的巧克力。'楼老师，真的太喜欢这几句诗了。我们今天还举行了一个小型的同乡会，您的诗还在现场被朗诵了呢！"第二天，我发现阅读量已达到几千。

这次粉丝会，给我的印象特别深刻，对我也有纪念意义。很多"大咖"们从线上走到线下，有摄影师，有"早安浦江"的所有团队成员，有诗文朗诵家，有自媒体大师，我终于能一睹这些"大咖"们的真容。这次茶话会上，我不仅收获了快乐和感动，更深切地感受到网络的力量、公众号的魅力。我也发现自己不仅能写散文，也能写诗歌。

这次隆重的线下见面，博众家所长，汲取营养，使我受益匪浅。

住院散记

走进花店，挑了一束淡紫色的雏菊。而此刻的我，也正向着春天、向着美好出发。

住院前

那天窗外大雪纷飞，小型会议室里静悄悄的，大家都专注地记着笔记。忽然，我的手机振动起来，我忙跑到门外接。电话是体检中心打来的，叫我马上去一趟医院，乳腺钼靶检查结果有点问题，还叫我直接去肿瘤科找肿瘤科主任黄医生。我一下子蒙了，但我还有勇气继续回到座位。开的是一个小型会议，中途离席，实在有点不礼貌。我在位置上如坐针毡，难道我得乳腺癌了吗？那我该怎么办啊？煎熬了十多分钟，我还是鼓足勇气站起来，在众目睽睽之下走到前面，向校长请假。校长很干脆，马上点头。

我看了看手机，3：50，医生4：30下班。我得快马加鞭了。

雪下得更大了，我没有带雨伞，春雪飘到我脸上身上后，就马上融化了。而我却一点不感觉到寒冷。从行政楼到年级部，本来近十分钟的路程，我小跑着，五分钟后就已发动了车子。

雨刮器刮着不断飞过来的雪，发出嘶嘶的声响。路上行人都弓着腰急匆匆地走着，树枝上、路边草地上已渐渐覆盖上一层白雪。不是已经春天了吗？这哪里是春天的节奏啊！

我努力让自己镇定下来，不断安慰自己，我是个好人，我运气没那么差，但还是精神恍惚，有几次差点撞了车。

到医院，4：20，飞跑到四楼肿瘤科。黄主任很详细地给我介绍了乳腺级别的致癌率。我的级别是4a和4b，有百分之三十的恶性可能。必须做手术，再穿刺活检后才能断定。于是，我很干脆，当场就同意了手术方案。

回去后，反而不显得那么紧张了。本来想熬着不给先生打电话的，但毕竟要住院，还是得告诉他。刚拨通电话，不争气的眼泪夺眶而出，老薛，我可能要住个院，医生说有百分之三十癌变的可能，总不会轮到我吧。老薛说，先别说了，回家再说吧。

忽然想到堂弟是外科医生，我把车停在路边，把钼靶的检查结果的照片发给他，让他看看。堂弟马上回复了，叫我立刻到上级医院再复查一下，这个级别的乳腺，很可能是恶性的。弟弟还抱怨我，前几年明明可以调到轻松的单位去，偏要当老师，压力这么大，现在后悔都来不及了。忽然之间，刚放下的心又紧张起来。恶性？这也太恐怖了。

晚餐时因为杭州小弟弟过来，大弟弟请客。酒席上，我还是装不了，忍不住流泪。最后还是说了出来，父母明显吓坏了，母亲更是语无伦次，乱说一气，我的心情更糟了。最后，我还是果断决定，明天随弟弟一起去杭州。

晚上挂好了号，为了以防万一，周六又挂了专家号。临睡前，打电话给儿子，简单说了一下。

我好像一直在流泪，后来把餐巾纸放在枕头边，抹完眼泪扔地上。辗转反侧，半睡半醒，5：30起床，看到满地板扔的纸巾。照了下镜子，并没有我想象中那样眼睛红肿。

雪已基本停了，屋檐上、树枝上、草丛上都被覆盖了白白的雪。在这样的天气里，校长应该早早地守在门口了吧。我6：30到校，校长果然到了。我把车停在一旁，告诉校长，我两节课上完后，要去杭州做个检查，校长依然很爽快地答应了。在食堂吃饭时，小献坐我对面，我告诉她，我可能要请假几天，备课组的工作，你暂且帮我代几天。

而且，我居然有勇气，很镇定地甚至声情并茂地上完两节语文课。我相信，没有一个学生会看出我平静的外表下，内心是那么波涛汹涌。

回家后，我马上去做了一个核酸检测。这回，老薛已经在家等着我了，其实我一直都知道，他是在乎我的，只是不善表达。

弟弟来接我们了，我们午饭都没吃，就直奔杭州了。所有的亲人当中，我跟这个弟弟关系最好。昨晚，他利用他的资源，第一时间联系好B超医生。一路上，我们一直在聊，聊弟弟的创业史。我这个弟弟是如此努力上进、脚踏实地，而且肯吃苦。外面春寒料峭，车内温暖如春，我也好像忘却了疾病，忘却了一切烦恼。

医院永远是人山人海，但因为医院提供智慧医疗智能服务，看不到长长的排队。我取了号，弟弟停好车就找到我了，儿子和儿媳也在赶来的途中。我挂的是乳腺专科，一共两个诊室，等了个把小时，终于轮到了。儿媳陪我进了诊室。给我看诊的是一个三十来岁的女医生。虽然戴着口罩，但我依然能够感受到她的甜美笑容。我看了一下她的挂牌，姓朱，还有一枚鲜红的党章别在挂牌的上面。听完我的叙述后，她说做个超声波，再做个磁共振吧。因为弟弟早就预约了超声波检查,几乎没有等就轮到了。等磁共振的过程就漫长了,我担心的是,医生下班了,结果要延后了出来。此刻的我们,真的想迫不及待地想知道最终的判决,哪怕是早一秒也好。

做乳腺磁共振真的是一次痛苦的经历。人扒着,戴上耳塞,把两只乳房置入一个特定的设备中。手环着头部,脸趴在一个拱形的装备中。一片漆黑,虽然戴着耳罩,但是巨大的噪音还是钻入耳鼓。做之前,问过医生,做乳腺很费时,至少要 20 分钟。如何挨过这漫长的 20 分钟,我唯一的办法是数数。心渐渐平静下来,然后"一,二,三……"开始数,数到两百再重新数。终于结束,医生拔掉针头,叫我按 5 分钟。我实在等不及了,我还是匆匆忙忙穿衣服,针眼处血濡红了棉球也不管。我一定要让医生第一时间看到结果。

所幸朱医生还在,她在电脑里打开看了一下,说磁共振的结果是好的,钼靶和磁共振检测的范围不一样,还是建议住院做个活检手术。不过,最后她安慰我从经验和检测结果看,百分之八九十是良性的。我也终于长吁了一口气。但最后还是要看活检结果,因为已经做了核酸,就趁热打铁,明天就安排住院。儿媳妇也当场为我办理了住院手续。

回到杭州的家,也许心放下了,也许实在是太疲惫了,也许是儿子和儿媳的嘘寒问暖,也许杭州房子的中央空调特别温暖,八点时我就沉沉睡去,并且一夜无梦。

住院中

我要住院了!我要做手术了!这是我人生中第一次真正住院!第一次真正动手术!

为了让两个孩子多睡会儿，我早早地起床，收拾好东西。7∶30用滴滴打车，自己拎着行李箱，在小区门口等滴滴。下完雪后的早晨非常寒冷，我穿了件最厚的连帽的黑色羽绒服，把手插在口袋里，头缩在帽子里。离滴滴车到达还有5分钟，儿子的电话响了。"妈妈，你怎么一个人跑医院了，我们再怎么样都会起来的。你叫司机等一下，楠楠马上下来，陪你一起去。"我忙解释，妈妈是走南闯北的人，妈妈一个人可以的，我无非是想让你们多睡会儿。最后，儿媳还是陪我一起来医院了。

住院手续很简单，不一会儿，我们就等在了省妇保住院部的9楼，等护士来叫我进去。因为疫情，一定要核酸检测，陪护也只能一个，不能探望病人。在等的间隙，有一个病友跟我打招呼。我们就交流起来。我们就相互看自己在地方医院的检查结果，都在相互安慰打气，往好的方向想。门卫大哥的态度很好，说话很爽朗，就是方言味很重，很多话都听不懂，但我都装作很懂的样子，频频点头，随声附和。

终于轮到我了。我的床位是52床，病房里有4张床位，我第一念头感觉条件有点差。然后，我到护士办公室量血压，血压很高，量了两三次，一直都高。来住院了，血压怎会不高啊？！在签完一些名字后，我来到病房。

靠窗的那个床位空着，病友说是位小姑娘，做的是微创手术，刚出院。我边收拾东西，边跟另外两个病友聊天。我边上的51号是位年纪较大的阿姨，戴着毛线帽，斜倚在床头。一位叔叔坐在陪护椅上，正看书。阿姨的普通话不是很准，叔叔偶尔会帮忙解释。她是来做化疗的，已经做第八次了，一边乳房全切了。化疗痛苦吗？我问。阿姨好像轻描淡写地说，还好，能熬得住，有一次进口化疗药断货，用了一次国产的药，那一次非常难受，

第六章　岁月芳华　　193

浑身酸痛，恶心呕吐。在乳腺癌的化疗期间，头发肯定是掉光的。我看阿姨还挺白白胖胖的，一点不像得癌症的样子啊。最后我问了个敏感的问题，到现在为止，除去医保，自己大概花了多少钱。七八万吧，还好，叔叔说着，还吃得消，许多进口药是不进医保的，隔壁病房的那个老奶奶用的都是进口的靶向药，听说已经用了十七八万了。我暗自庆幸，幸亏平时存了点钱，一般的病还能够支撑。我们在聊天的时候，靠门边的那个 50 号病友一直在唉声叹气，聊天的几分钟里她至少叹了十几声气了，还一个劲自言自语，我平时为人也不坏啊，这个病怎么会找上我呢？然后，我们就一起跟她聊。她是周四住进来的，已经做过各种检查，也穿刺过了。然后，她一遍又一遍地问我们，我该怎么选择呢？医生问我，是保乳治疗，还是全切呢？全切的话，要贵一点。啊！都要全切了，那毫无疑问，肯定是恶性的。但我又不敢说出来，她好像全然不知她自己病到哪个程度了。然后她告诉我们，她没文化，只读到小学二年级，是桐乡人。桐乡的挂件不是很出名吗，我已经上了 30 年的夜班了，就是夜白班轮休。我已经连续 3 个晚上睡不好了，也许熬夜习惯了，也不觉得难受。但是，我看她的脸色蜡黄蜡黄的，眼皮都浮肿着。还有，我儿子今年 30 岁了，还没结婚呢，去年刚处了个女朋友，会不会因为我生了这个毛病，跟他分手啊！我愁啊！我忙安慰她，你自己治病要紧，如果那个女的因为这个原因分手，肯定不是什么好姑娘，你不要想太多，先养好病再说。"刚才我儿子也给我打电话，叫我不要操心，先治病先养病，但我这当母亲的怎么放得下啊！"她索性起床，抹着眼泪，依然不断地叹气，在病房里来来回回地走。

病房里突然沉默下来，阿姨开始躺下化疗了，不久打起了呼噜，看来并不难受，叔叔负责管滴液。我则拿出平板，悠闲地看昨天下载的电视剧。中央空调把房间吹得很热，我穿个病号服就已足够了。因为要空腹抽血，十来点的时候肚子很饿，儿媳给我买了一碗皮蛋瘦肉粥，还温着呢，我三下五除二就解决掉了。十一点，医院餐来了，荤菜是排骨，蔬菜是煮青菜，几乎看不到一点油，饭也较软，难怪叫病号饭。排骨将就着还能吃，青菜就不敢恭维了。吃完，各自睡了一会儿午觉。

下午两点到晚饭时间，是病人的溜达时间。这一层都是乳腺手术外科病房，住院的清一色都是女的。估计这病即使是晚期，也不大疼痛，整个楼层听不到一点呻吟声。因为是周六，医生办公室门也紧闭着，只有几个护士穿梭在各个病房中。每次出病房都要戴口罩，而我总忘记。护士就会远远地喊："阿姨，去戴上口罩！"走廊上已有慢吞吞走着的病人，估计有几位动过手术了，一只手用绷带挂着，另一只手拎着一只袋子，连接身体的有一根输液管，管里流动着淡红的液体，我不便问。但我猜得出，这些人肯定病得比较严重，肯定动了比较大的手术，因为他们都脸色苍白，步履蹒跚，大都需要亲人搀扶。我一个人悠闲地来回踱在走廊中，记住了宣传栏中的每个医生，也仔细学习了宣传栏中介绍的相关乳腺癌知识。然后去探望门口刚认识的病友，估计她今天一个人做各项检查已做得够呛。因为我之前做过体检，医生说有些检查我可以不用重复做，所以今天我只抽了血。

病友在 3 号房间的 7 号床位，她们条件比我们好，三张床位的，中间用帘子隔开的。隔壁 1 号、2 号房间是贵宾房，听陪护的叔叔说要一千多一个晚上。床是两张，一张是给陪护的，有小冰箱、电视机等家电。病友姓袁，她教我在手机公众号怎么查各种化验结果，我们还相互做了比较。我发现她目前的检查结果还比老家的检查结果严重了一级，而我在老家的检查结果的定级则更高了，尤其是磁共振，甚至只有二级。因为周末，我们钼靶都没有做。

回到病房，我拿了边上病友的手机查，她显示的超声级别是5级，医生还打了几个字，考虑乳腺癌症。我指着癌字问她："姐，你认识这个字吗？"她摇摇头说："不认识。是癌吗？"我安慰她只是怀疑，我也怀疑呢。我第一次觉得不识字还真挺好的。然后又听她在纠结，我星期一就要动手术了，到底选哪个好呢？要不要全切呢？接着又是一连串叹气。

晚饭真的是太难吃了，水煮黄瓜、西红柿炒蛋。我就纳闷西红柿炒蛋居然可以炒得没味，我硬着头皮扒了几口，实在吃不下去就扔了。而小姐姐胃口好像很好，全都吃完，她说，只有吃得饱饱的，才有力气动手术。好有哲理的一句话。而我一整天血压都高，护士给我量过好多次，还是高。我还是太紧张了。

晚上我和50号小姐姐向护士要了两颗安眠药，临睡前服下，睡得挺好。只是半夜，小姐姐做噩梦，大喊大叫，我们都被惊醒。可惜，她讲的梦话是方言，根本听不懂，但从语气中还是可以推断是多么恐怖的一个梦。

起床洗漱，等吃早饭。早饭还不错，有南瓜粥、水煮蛋、小馒头、一包小菜，甚合我胃口。今天除了大小便化验，什么事情都没有。所以今天我的主要事情是串门管闲事。

八点的时候，我看见医生办公室的门开着，我可一定要逮着机会咨询。我前面还等着两个人，其中一个是我那病友50号小姐姐，另外等着的一个是男的，应该是家属吧。现在正在咨询的就是那个小姐姐。我看了看那个医生，男的，戴着眼镜，跟病人说话时很耐心、温和。小姐姐的手机开着免提，电话应该是她最崇拜的姐姐打来的。话题依然是要不要保乳，医生也终于明确告诉这姐妹俩，这病一定是恶性的，幸运的是还是早期，只要配合治疗，完全可以康复。姐姐在听了医生详细分析后，最后决定保乳治疗。而且，不管怎样，听医生的准不会错。

然后轮到那位男家属，我猜应该是那个病人的丈夫。医生打开电脑中的各种检查图片，详细地给他介绍病人的病情。"那她患的是癌症吗？确定吗？"那男的一脸茫然，是无知？还是不敢接受这事实？我无从知道。那医生听到他这句问话，也微妙地笑了一下。"恶性是肯定的，难道你真不知道吗？手术都动过了，家属应该很清楚。这癌症级别分为好几期，你妻子的级别已不是早期，但也不是晚期，应该确切地说是中晚期，别担心，中晚期是可以治好的。"医生说着停顿了一下。那位家属始终没有插嘴，只是偶尔点个头，也不知道他有没有真的听进去。"你放心，手术还是做得很成功的，后面就是要化疗了，还有一定要养好身体，要心情愉快。""那大概要花多少钱？"他终于艰难地开口了。"这个说不准的，几万总是要准备的。"医生明显带着安慰。而我，有好一会儿，脑子不能思考。生活啊！并不是我们想象的那么正常，而又不能说这是奇葩？那这又是什么呢？原谅我，我也说不清楚。当疾病真正来临时，并不是所有的人都已做好了准备。我不是也如此吗？我只是有怀疑的可能，我也不是惊慌失措，如临世界末日了吗？轮到我了，他打开了我的超声和磁共振电脑影像，向我详细介绍我的钙化灶部分，把这钙化灶取出来，然后进行活检再做最后的确定，你的总体情况还是乐观的。

回到病房后，走廊上突然热闹起来，大家在相互交流着治病经历。我对一个大姐印象最深。她说她是山东人，在杭州做家政，儿子已在杭州成家立业。去年三四月份，洗澡的时候，自己一摸，乳房一侧有一块肿块，腋下也明显地摸到淋巴结了。我觉得不对，就来这里检查。马上确定是恶性了，而且不是早期了。然后医生叫我化疗。我插了一句："你怎么没手术呢？怎么先化疗了呢？""可能我这结节太大了，要先化疗，让结节小点，应该每个病人的治疗方案不一样吧。你看你隔壁病房的那位老奶奶，也没有手术，没有化疗，直接用靶向药。而她女儿将两侧乳房都切了。对吧！"说着，大姐转向一位50来岁的妇女。我打量了一下她，她还穿得挺洋气的，外套毛衣的外面系了一条鲜亮的真丝围巾。"我说起来有点有趣，我是陪妈妈来看病的，妈妈诊出这病后，我也顺道查了一下，果然中枪。这病本来就有点家族史，幸亏还是早期。不过很坚决，果断地切了。现在恢复得很好。"这位大姐说起来，倒是很轻描淡写的。而我们却是一阵唏嘘。走廊里更加热闹了，边上的病友家属都围在一起了，他们很多是熟识的老病友了。尤其戴着帽子化疗的。最后，护士出来制止了。而那位山东大姐进了我们的病房，我端了把椅子让她坐下。

看得出她明显是个话痨，因为做了几十年的上门保洁工作，见多识广，普通话也说得很溜，而且声音洪亮，估计隔好几个病房也能听见她爽朗的笑声。她说，生死都有命，上天什么时候召我们去都是定好日子的。我们只有过好每一天，开心每一天。自从得了这病，我就住在山东老家，老家在山坳坳里。我自己这几年也存了点钱，孝顺的儿子也说，看病的钱，妈妈别担心。你们也许难以相信，当我得知这个病的时候，我并没有太难过，老伴得肝癌早离开我了。我只是告诉自己，我可以歇歇了，可以回老家养老了，晚上照样呼呼大睡。化疗的第二次和第三次最痛苦，头发开始大把大把地掉，浑身酸痛，走不了路。我把老乡叫到家里打麻将，那个酸胀的手几乎抓不了麻将，但我还是要玩。打麻将可以忘却疼痛啊！比傻傻地躺着强多了。你看我是第九次化疗了，十次后就可以手术了。我现在身体可强壮呢！老天爷还不想叫我去呢！对于这位大姐，我不得不竖起大拇指，打心眼里佩服她。是的，医院本是一个特殊的社会缩影，面临着生死战线上挣扎的人们，也许更能体会到生命的真正含义。

午饭晚饭都很难吃，幸亏带了些水果和零食，但是早上去称体重，还是轻了一两斤。血压还是高，我明明每天都没有忘记吃降压药啊！

50号小姐姐安排的是周一第一台手术，护士已经在交代晚饭后不能吃任何东西了，也叫她买了很多明天手术要用的绷带、紧身袜、胶布等，她丈夫也已经来了，憨憨的一个人，性格也挺好的。他说，他也小学没毕业，我一遍又一遍地教他怎么在公众号订家属餐，最后让他实践了无数次才学会。晚上，我们都早早地躺下，我今晚没有吃安眠药。

第二天，2022年2月21日，我也将永远记住这个特殊意义的日子。

医生没有叮嘱我不能吃早餐，估计是半麻，但我还是必须到我的主管医生那里确认一下。儿媳已经在赶来的路上，今天就由她来陪护。便宜了老薛，事实上，陪护也只能一个，算了，也不是什么大的手术。哇，整八点，医生办公室塞满了穿白大褂的医生，然后在护士站开例会，分析每个病人的情况，接着开始查房。50号小姐姐已经准备进手术室了，我们都给她加油打气。九点左右，主管我的朱医生才空下来，她开给我两张单子，一张是心电图，一张是重新做个钼靶。儿媳已经到了，她会全程陪着我。她其实能力很强的，有她陪着，我只管跟着就行了。朱医生也跟我定好，大概下午一点半就可以手术。

中午小憩了一会儿，朱医生抽空过来告诉我，我们这边钼靶打出来的级别是3级，你们那边确实是打高了，这下你该更放心了吧。一点钟，医生叫我去钼靶穿刺。那真的是刻骨铭心的痛啊，我现在回味起来还忍不住颤抖。我承认，所有的疼痛，尤其是肉体的疼痛会随着岁月的流逝渐渐淡忘，但是如果可以，我再也不想疼痛第二次。我跟随朱医生上了专用电梯，进了一个专用的设备室。跟做钼靶一样，脱掉上衣，把我的胸部置在仪器上，这几天啊，两次超声波，三次钼靶，一次磁共振，没毛病也要整出毛病，女人啊！为什么要当女人？但很奇怪，此时此刻，我并没有流泪。我已经准备好了，即使再大的疼痛，也就那么一下下，忍一忍就过去了。只见朱医生拿了一根长长的针，用棉球擦了擦我的胸部，然后出其不意地突然一刺。"好痛啊！怎么会这么痛？"我倒吸了一口气。"还有一根针，再熬一下。"朱医生温柔的声音好像给我吃了颗定心丸。我变换了一下部位，第二针也很顺利穿进去了。当我离开那机器的时候，才发现台面上黑乎乎的一团血。而我的手脚冰凉，膝盖还在颤抖。

　　1：30，我被护士叫进注射室，护士刮光了我胸部和腋下的毛，还叫我摘下戒指、手镯等。一切准备就绪，我跟随朱医生来到了手术室。媳妇担心我冷，备了件羽绒外套守在外面。

　　进去后，我脱了鞋，医生叫我在手术室外面的长椅上等着。里面真是别有洞天啊！大厅很大，医生护士们都一律穿着蓝色的手术服。我边上一个护士正在装一大袋换下来的病号服，另外几个医生护士都急匆匆走着，进手术室都不用手按按钮，有的用手臂，有的干脆用头顶一下。前几天刚好在《读者》上看到毕淑敏写的一篇外科医生手术前无菌洗手的文章，说一个手术医生，熬不住头皮痒，用手挠了一下，结果将病毒带到病人腹腔里面，造成大面积的感染。当医生也太难了。

　　终于来叫我进去了。他们叫我躺到手术台上，头顶两盏探照灯，真跟电视剧中一模一样。然后，我的头顶覆盖上一个罩子，依稀之中又盖上几块布。侧面是空的，我能够看到医生的下半身。"开始打麻药了。"我听出是朱医生的声音，"别紧张，不痛的。"边上还有个男助手，也温声细语地安慰我。我闭上眼睛，我感到用刀割开一个口子。"痛就告诉我们，别撑着，我们可以再推点麻药。"男助理柔和的声音从上方传下来。"有点。"我颤抖地说。然后，我感觉到针头，就毫无痛感了。但我依然能很明显地感觉到好像割开后，用一个勺子在挖，在掏。真的好漫长啊！我闭着眼睛，脑子却异常清醒。不知什么时候，男医生拿着一小袋像肉糜一样的东西，从边上空隙处给我看。"这是刚刚挖出来的，都是钙化的。""怎么这么多啊！我的胸部是不是要变小了。"我说着。"不会，会长出来的，我们现在就拿去冰冻化验了，不到一个小时就会出结果了。"男医生依然耐心地给我解释着。接下来我感觉在缝伤口了，感觉一针又一针，我都数不过来。难道伤口很大吗？朱医生说，你这种是传统手术，比微创手术创伤面要大一点。不过，里里外外要缝三层呢。这种手术也不用拆线呢。最后好像是包上伤口，然后用我昨天就买好的绷带紧紧裹住。估计，这么一团肉挖出来，怕它空心，人为把它压实罢了。

　　终于好了，护士叫我又在外面的长椅上坐一下，说等会儿护工会用轮椅推我去病房的。而我只是觉得冷，浑身直打战，护士把一床棉被裹在我身上，我才渐渐暖和过来。

　　回到病房，那个做乳腺癌手术的小姐姐插着呼吸机，挂着尿袋，躺在床上几乎一动不动，而我是自己上床，行动自由，简直好太多了。可惜，随着麻药渐渐散去，伤口也开始疼痛起来，后来不得已，我吃了两片止痛药。

大概五点钟，朱医生过来告诉我，化验结果出来了，是良性钙化灶，你明天就可以出院，回家去养身体更好。我终于长长地吁了一口气，不断地说着："朱医生，谢谢！谢谢！"然后儿媳开始在各个群里汇报好消息。弟弟的电话也来了，我告诉他马上跟父母说一声，我实在没力气打电话了。但我还是拨通了校长的电话，告诉他好消息，我也很快可以回到工作岗位。

儿媳冒着被抓的危险，出去点了外卖，是我喜欢的荠菜馄饨和葱油拌面，忽然之间我也胃口大开，几天来的所有焦虑担心，到此刻才真正放下了。

然后，这一晚，我几乎整晚未睡，吃了止疼药后我并没有那么疼。只是同病房的小姐姐一直在折腾，一会儿开灯一会儿关灯，护士进进出出。她动的才是真正的大手术啊！我睡觉时也小心翼翼，担心碰到伤口。儿媳一直在看手机，不知道什么时候才睡觉。也难为她了，那么窄的椅子床，三个病人，三个陪护，睡得好才怪呢。

第二天，不到七点，大家都早早地起床。医生今天给我换药后，上午就可以出院了。九点钟时，我们开始收拾行李，让我大跌眼镜的是，我带了五天的药居然不是降压药，而是复方地西泮片，一种抗焦虑的安眠药。那么，就是说，我这六天了，都没吃过降压药，难怪血压一直居高不下。好庆幸，没有败在乳腺上，却差点倒在心血管上。可以想象，我当时有多手足无措啊！医生来交代出院后的注意事项。9：30，护士来叫我换药了。还是朱医生，我仰天躺在诊床上，看不到自己的伤口，但稍微轻轻去碰就很痛，这该是多大的一个伤口啊！包扎好后，我起来，隔壁诊床的也有一个病人在换药。这实在是太恐怖了！我只能用"恐怖"两个字来形容。两只乳房都挖掉了，从腋下一直到肚脐处，像两个深不可测的洞，而且皮肤还红红的。更恐怖的是，肚子却大得惊人。躺在那里，感觉有怀胎十月的孕妇那么大。我也不由得惊讶地喊出来："怎么会有那么大的肚子！"医生幽默地说："老奶奶怀孕呢，而且是双胞胎呢。"我穿好衣服，赶忙离开，这是我第一次真正亲眼看见乳房双切的病人，真是太刻骨铭心了。后来，从医生那里了解到，患这种病的人，尤其是放化疗后，很容易内分泌失调，激素失衡，造成过度肥胖。这真颠覆了我以前对癌症病人的认知，我以为得癌的人都应该皮包骨头，脸色黑青，也许只在最后阶段才这样吧。庆幸的是，我是最迟入院的却又是最早出院的。一起入院的那个袁妹妹，临时改变了治疗方案，要全麻手术了，要切除结节，然后再化验，至少比我要多住好几天院了。

出院后

"妈妈，为庆祝你鬼门关走一遭回来，我们到外面大吃一顿，你想吃什么，随便点。"儿子边开车，边哄我。连续五天没有见天日了，天灰蒙蒙的，很冷，好像还要下雪。今年的春天怎么这么冷呢？已经连续下了好几场春雪，此刻，朋友圈中的老家都被积雪霸屏了，杭州还好，估计明天会下吧。"我现在只想回家，随便弄点吃的，我只想舒舒服服地睡个好觉，把这几天的觉给补回来。"我看着窗外，悠悠地说着。回到杭州的家，我换掉所有的衣服，倒头躺下，儿媳烧了小米稀饭，炒了几个小菜，甚合我胃口。

然后关机睡觉。睡到三点，我决定去钱塘江边走走，小区的保安看见我，关切地问我："阿姨，您生病了吗？脸色这么差，走路也走不稳。"我笑笑说没事，但事实上，刚走到钱塘江边，走了几步就得回来了，也实在是没力气走。这手术也太伤元气了。但我还是决定到小区的美发店去收拾一下我这乱糟糟的头发。从今天起，我"一切从头开始"！

儿子他们叫我在杭州多住几天，我看孩子们实在是太忙了，住了两天后，还是决定回家养。2022年2月22日星期二，朋友圈说是最多2（爱）的日子，这天雪花飞舞，而我足不出户，大部分的时间躺在床上。

周三，叫老薛来接我。醒来，拉开窗帘，杭州居然也有一层薄薄的积雪，老薛发信息来，老家还在下大雪，山上雪很厚，所幸路上还好。他直接到地下车库，连儿子家都没进，就接我回家。

医生一再叮嘱，至少一星期不能干家务，尤其是做饭、拖地、手洗衣服。也许，这是我这几年以来享受的最大福利，实实在在过了几天衣来伸手、饭来张口的日子。当晚，父母就过来，叮嘱我一定要多请几天假，不要去考虑钱，把身体养好。而我总觉得难为情，代课老师额外多出来那么多工作，如果可以，还是尽早回到工作岗位吧。因为教师职业的特殊性，这伤口最怕的是抬手，但写粉笔字是必需的，所以我最终还是决定再请一个星期的假。

周五，依照医嘱，我去换药。天气非常好，春光明媚，街边的一个个小花圃都开着各色小花，仔细看树枝也开始绽出新芽，昨天还是严冬，今天太阳一出来就好像是春天了。看着汽车在大街上有序地行驶，人行道上慢悠悠走着的人，感觉一切是那么美好。我忽然觉得，我是一个重生的人，以后，我可一定要好好活着。

药是当外科医生的堂弟换的，他叮嘱我："三姐，你做的是传统手术，创伤面比微创手术大多了，还是要好好养的。就多请几天假吧，地球不会因为没有你就不转了。还有不要整天躺着，你脚没问题，可以多到外面走走，多晒晒太阳，这对你身体有好处。"我频频点头。

从医院出来，路过花店。我决定给自己买束鲜花。就买雏菊吧，花期长。而且昨天看电视剧《流光之城》，好像容嘉上送给冯世真的花也是雏菊。我打开百度，查了一下雏菊的花语，雏菊开在早春时节，乍暖还寒、冷清的世界里，它肆意地盛开，给人带来春天的希望，寓意天真纯洁，是和平和希望的象征。我走进花店，挑了一束淡紫色的雏菊。而此刻的我，也正向着春天、向着美好出发。

（后记：全文近 11000 字，近乎完全真实地再现了我住院前后的经过。写好它，花了我三四天的时间。我沉醉其中，也许写作真的是幸福的，它几乎让我忘记了一切。一个人静静地在书房一隅，清脆的键盘声成为最美妙的音乐。我最终还是决定编到书里面，写好后发给当医生的哥哥看过，他说文章写得很好，如果可以，他甚至可以当作案例推荐发表在医学杂志上，所以我决定珍藏这段特殊的岁月，就让这段日子静静地躺在书上吧。）

那年元宵，在仙华山顶看迎灯

登上仙华山，俯瞰整个浦江县城的灯火璀璨。

今年是龙年，各地迎灯，都达到空前的规模。正月十三晚，我也专门赶到郑宅一睹盛况，今年迎灯的主流还是长灯，即板凳龙。我挤在熙熙攘攘的人群中，看着迎灯人肆意张扬地跑着，舞出青春的激情，舞出龙年的祝福。

但我印象最深的一次元宵赏灯，是登上仙华山，俯瞰整个浦江县城的灯火璀璨。

新年的第一轮月亮特别亮，特别圆，我们的车子行驶在蜿蜒的山路上，月光如水，山和树的影子在路边投下影影绰绰的剪影。我们到山上的瞭望台，已经有很多人靠着栏杆，议论着今晚的迎灯和烟花。

"哇！能看到整个县城呢！太漂亮了！"我惊呼道。连绵不断的鞭炮声能被清晰地听到，一团团绚丽的烟花升腾到空中，流光溢彩，烟花像花朵一样在空中绽放开来，射出五彩缤纷的火焰。接着迎灯开始了，我们看不到迎灯的人，但我们看到的分明是一条条蜿蜒盘旋的巨龙，金光闪闪，在夜空中尽情展现出它们的雄姿和神韵。几条长龙一起还不断地变换着舞姿，一会儿弯弯曲曲，一会儿摆出各种方阵，一会儿又列队前行。我们在高处只能依稀听到锣鼓声，更多的是看火光的变形，我们欣赏的是犹如一架无人机在空中拍摄的画面，但又比画面更震撼更逼真。

今年的元宵节很遗憾，天公不作美，下雨，天空雾蒙蒙的，不适于登高欣赏迎灯的壮观，所以更加怀念那年的元宵节在山顶看灯的情景。

我劳动　我快乐

春季播种下希望，期待着收获丰收的喜悦。

过了清明，便迎来了春天的最后一个节气，谷雨。雨润百谷，万物生长，降水量也明显增加，初插的秧苗、新种的作物都在咕咚咕咚尽情地喝着水。

清明节的时候，我在庭院里种下的几株辣椒和西红柿，都已抽枝开花。趁雨间歇的时候，我小心地松了土，清除了野草。还买来复合肥，连日的阴雨，土壤非常湿润，我在植株附近挖了个小洞，把化肥撒上。下雨的时候就会融化掉，作物就会非常好地吸收养料。接下来就是给它们搭架。在每一株作物的旁边插入一根小棒子，然后用小绳子绑上固定。这样就不怕狂风暴雨的袭击了。前几年移栽了几株紫苏，结果年年谷雨前后会冒出许多紫苏苗。紫苏是生命力非常强的植物，不用种子播种，年年自己会生根发芽。我拔了一些，留下几棵粗壮的。到时必定长得枝繁叶茂，摘几片叶子，炒个鱼，炒个虾之类的，非常去腥味。

庭院里还栽了棵枇杷树，每个枝丫上几乎都结满了密密的果子。邻居告诉我，最好给它们疏一下果。于是，我搬来梯子，在够得着的枝丫上，摘掉一些相对小一点的果实。随着一声声清脆的"啪啪"声，满地铺满了青绿的小小的枇杷果。等我全部清理干净，已到午饭时间了。我站在庭院里，看着自己的劳动成果，一阵自豪感涌上心头。我劳动，我快乐。

天气渐渐热起来了，整个下午我都在整理换季的衣服。冬装都收起来了，几件羽绒服趁有太阳也一件件洗了。毛衣、羊毛绒衫也放到太阳下晒了，准备集中放到收纳箱里，放几颗樟脑丸，明年再启封。春装整理出来，熨好，挂在衣柜。夏天的衣服也整理出来，一些旧的或决定不穿的归置到一旁，等会儿扔到旧衣回收箱去。处在江南，一年四季分明，衣服也是。都说，一个女人是否贤惠，看看衣柜就可以。而且，每次收拾衣服，总会暗暗下决心，以后真的要少买衣服了。收拾好，看着清清爽爽的衣柜，很是欣慰。我劳动，我快乐。

"乡村四月闲人少，才了蚕桑又插田"，田野里，现在这样的场景已经少见了。我也只能在我的庭院里体验一下劳作的快乐。春季播种下希望，期待着丰收的喜悦。我也只能干干家务，活动活动筋骨。

岁月缝花

第七章

人间知味

酸甜苦辣尝遍，始终有一种熟悉的味道

在岁月中沉淀，挥之不去。

母亲的咸菜

母亲的咸菜，是一扇窗口，它打开了一条通往爱的通道，通道那边是爱，是温暖。

"丽先，咸菜还有吗？"父亲又打来电话，"如果吃完的话，过来拿，你妈还有几瓶存着。还有你妈叮嘱，吃完的空瓶存着，明年还要用的。"

"还有呢！爸，一定要再给我留几瓶，妈腌的咸菜太好吃了，我有空就过来拿。还有瓶子也都攒着呢！"我瞧了瞧放在墙角的一堆空瓶子挂断电话。

老妈腌的咸菜实在太好吃了，连嘴很刁的先生每次吃咸菜烧笋的时候都赞不绝口。母亲的咸菜不是腌在酒缸里的，而是装在一瓶瓶小玻璃瓶里的。菜是老父亲种的，冬天腌的是白生菜，春天腌的是九头芥。

母亲对她腌的菜如数家珍。她说，趁大太阳的时候，菜从地里收进来。我与你父亲把菜搬到五楼的平顶。我洗菜的时候，总是凑在水龙头下，一瓣叶一瓣叶地掰开，洗得干干净净的。你父亲把菜晾在竹竿上，等半干了就开始腌菜。然后，在板凳上放一块大的砧板，菜刀是你父亲早就磨锋利了的。切菜不仅仅是力气活，更是技术活。要切得细细的，匀匀的。稍不留心，就有可能切到手。你父亲太毛躁，我总不放心让他切菜。切好后撒上盐，红干辣椒，拌均匀，然后开始装菜。先一小撮一小撮塞到瓶子里，接着用一小棍子捣结实，再在瓶口淋上几滴高度的烧酒，最后摘两片新鲜的箬叶覆盖在上面，箬叶上面还压上几块干净的小石头（估计这是老母亲的独创秘方），然后拧紧瓶盖，一瓶母亲的咸菜才算大功告成。这样的咸菜，每年父母亲都要装上几十瓶。母亲跟我说这些的时候，脸上现出异常生动的神情，眼睛里闪着光，自豪之情溢于言表。我想象着父母亲坐在暖暖的阳光下，手机械地劳作着，有一搭没一搭地聊着家常，也许这是他们最快乐的时光，至少他们觉得自己还被需要，他们的咸菜，孩子们都喜欢。所以，一年又一年，两老从没有间断过做咸菜。而其间的艰辛更是难以形容，一趟趟地跑五楼，累了半途喘几口气，敲几下膝盖，继续爬楼梯。我更不忍看母亲的手，手指头被菜浸染成青绿，食指和中指缠着胶布，手指关节上的纹路纠缠在一起，皮肤紧裹着凸起的静脉触目惊心。我赶忙别过头，不忍让母亲看见我婆娑的双眼。

到吃咸菜的时候，杭州的弟弟会专程赶来，弟弟说，他那些朋友可喜欢吃妈妈的咸菜呢！每年可都巴巴地盼着。老父亲则会骑着他那辆沧桑的自行车先给我送几瓶来尝鲜，总不忘提醒我，一定要放冰箱冷藏，可以放很长时间呢。咸菜炒豆腐，咸菜炒笋，包馄饨，煮粉干放一点，都鲜香无比。给朋友送一瓶，给邻居送一瓶，让我赚足了人缘。

母亲的咸菜，是一扇窗口，它打开了一条通往爱的通道，通道那边是爱，是温暖。

难忘那顿早餐

我们好像感觉在家里吃早餐，等着妈妈或奶奶把早餐端到餐桌上，特别温暖亲切。

住过了那么多的宾馆，吃过了那么多宾馆的自助早餐，在贵州铜仁市的一家酒店提供的早餐最令我难忘，也是私自认为吃到过的最好吃、最新颖、最不会浪费的早餐。

到达贵州铜仁市是下午六点左右，太阳还高高地在西边天空，阳光很是灼人，阴凉处却甚是凉爽。我们订的宾馆一楼只是一个不起眼的门面，二楼才是宾馆大厅。大厅很是宽敞，却不像一般的酒店放置沙发，或者一角设个茶室之类。整个大厅更像个阅览室，放置了好几台电脑，靠墙壁的都是书。我随意转了一下，有期刊，有名著，有养生保健方面的书，还有一排全是漫画。很安静，有很多住客还真专注地看着书，玩着手机。宾馆房间也非常高大上，不仅房间很大，而且卫生间和浴室也超大，有天猫精灵智能管控。引人瞩目的是，柜子里也整齐地摆放着几排书。

回到大厅，在电梯一角的我居然发现一个小厨房，一位阿姨正在厨房忙碌。我走进去，跟阿姨打了声招呼，灶台上厨具摆放得井井有条，台面油烟机都擦得干净锃亮。"阿姨，您住这里吗？"我实在是好奇，问道。"我现在准备你们明天的早餐，我今晚先发好面，明天现场给你们烧。"阿姨边回答我，边舀面粉。我忽然产生了到家的感觉，厨房里好像母亲在忙碌。而我们住的实实在在是宾馆，并非民宿。

"明天可以早点吗？我们想 6 : 30 吃早饭。我们预约好爬梵净山，8 : 30 之前必须到。"我弱弱地请求。"可以啊！"阿姨倒是很干脆。

第二天，我们 6 : 30 到大厅，阿姨早在小厨房忙碌了。蒸笼里有现场做的小笼包馒头。托盘里大小馄饨、饺子。还有现烧的贵州粉、贵州面，汤的、炒的都可以。厨房外面靠墙壁放着一张大桌子，桌上放放着一个大高压电饭锅，温着熬好的一锅小米粥，旁边还放了几小桶阿姨自己制作的小菜，有酸白菜、酸萝卜、拍黄瓜、酸豆角、花生米等，看上去都清清爽爽。桌子上还放置了一个饮料机，咖啡、果汁、牛奶，都可以自取。当然水果是少不了的，有荔枝、桂圆、香蕉、葡萄等，还有切好的西瓜、香瓜等，都码得整整齐齐。我点了一碗贵州的酸汤粉和几个小笼包，还有一点小菜。我们都很自觉，吃多少可以很随意地点多少，但绝不会浪费。所有的食物都很精致，味道也超级好。我们好像感觉在家里吃早餐，等着妈妈或奶奶把早餐端到餐桌上，特别温暖亲切。

临走时，特意去跟阿姨道别，阿姨今早四点就起床，她说她就住在楼上，很方便。每天能够跟五湖四海的游客打交道，看着他们美美地吃着我烧的早餐，很是开心。我说，咱拍个照呗！她连连摆手，我还是偷偷拍下了她的背影。

时隔一年，我依然很怀念那顿早餐。那个小厨房、那个阿姨给我们风尘仆仆的旅人以家的味道。

腌土猪肉

"宁可食无肉,不可居无竹",在城里,没有竹子围绕,那就"宁可居无竹,不可食无肉"吧。

朋友年前送了一些土猪肉,除了冰冻了一点之外(其实冰箱还有足够的冰冻空间,但我向来不喜欢吃冰肉),其余的决定做成咸肉,听别人说,咸肉至少可以放上一年。

平时我偶尔会看一些美食博主的视频,腌肉的视频也特别多。我也依葫芦画瓢,照搬过来,至少感觉做得都还不错,凑近闻,都能闻到浓浓的肉香。

最自豪的是第一种腌制方法,我是学"陕北霞姐"的一个美食博主的。土猪肉一般都比较肥,我切下一部分肥肉。剔出骨头,然后切成小块,一层肉一层盐,放置在盆里一晚上,控出血水。第二天,我把肥肉炼成油,然后把一块块的肉放进油里炸。然后切成小块的肉,其中一层肥肉的,就放在油锅里炸,油没少,反倒越来越多。我把肉炸透,两面金黄,有点酥肉的感觉,用筷子一戳,能很容易穿透,就可以捞出来了。炸肉的时候,整个厨房那个香啊!那可是纯正的烤肉的香味啊!我也曾掰开一块小精肉,放在嘴里,在很烫时狼吞虎咽地吃完,口留余香啊!所有的肉炸完后，放置一边，油倒在盆里放凉，但千万不能太凉，否则就冻住了。家里没有陶瓷酒缸，我只能把肉装在这玻璃器皿里，然后注入炸出来的油，肉就冻住了，封住了。这几天我挖点出来吃，不用解冻，炒芹菜和蒜薹，或煮面条，几乎百吃不厌。我现在都觉得很自豪。

第二种腌法是我们浦江的腌肉方法，我们浦江也是金华两头乌，金华火腿的发源地，老一辈人很会腌肉。当然，我还是请教了好几个大师，尤其是父亲一步步教我。第一天，我撒上盐之后，用手使劲地抹盐，还使劲地搓，尤其是猪皮骨头处，总之三百六十度无死角地抹盐。然后在盆子上放了个衣服架，把肉搁在上面，血水就会淌下来，第二天盐化了，继续撒，第三天再撒，慢慢地盐就附在肉上了，血水也越流越少。父亲说，等腌制二十几天，找个天晴的日子，把这些肉浸泡个一日一夜，再清洗干净，然后挂起来晒，几年也不会坏。当然如果你担心它干掉，也可以装进塑料袋里，密封好，放进冰箱冷冻。我自己欣赏咸肉有点紫红的颜色，感觉也蛮成功，我也挺沾沾自喜的，我也算是天选美食达人。

第三种方法是制作成酱肉。好朋友老于在年二十九帮我从山里买了块两头乌的腿肉，肥肉少精肉多。我包了一餐饺子，切下吃了一顿白切肉。其余的就切成小块，倒上酱油漫过肉，肉的颜色由鲜红变成紫红，到第七天，酱油都被吸得差不多了，我就在四楼阳台上挂着。想不到酱肉是最方便吃的，也是最好吃的。想吃了，随时割块下来，切成片，倒点老酒，上面放几片蒜片，放在蒸锅里蒸，真是能满足你的味蕾啊！印象中，杭州人特别爱制作酱货。小时候去杭州舅舅家，舅舅家阳台上挂满了酱肉、酱鸡、酱鸭、酱牛肉、酱鱼。在那个还不富足的年代里，我每次看到那些随风招摇的肉，总要暗自吞口水。舅舅是大学教授，他能吃肉啊！我得好好学习，争取长大有的是肉吃。现在，舅舅已作古，而我们也早已过上了吃不完肉的日子。

我是个典型的肉食动物，其实，我也知道像我这种体质的人，肉真得少吃，"宁可食无肉，不可居无竹"，在城里，没有竹子围绕，那就"宁可居无竹，不可食无肉"吧。

火糕的故事

火糕又一次登上了大雅之堂，但它不再是饥饿年代的雪中送炭，而是富足年代的锦上添花。

"妈！我今天买了很好吃的东西。"我一踏进家门就对母亲喊道。"这闺女，看你高兴的，我什么东西没吃过啊！啥山珍海味啊！"母亲从厨房里出来，擦了擦围裙。"妈，你看，是火糕，是用玉米做的，可好吃了。我们多久没做这东西了。"我兴奋地打开塑料袋给母亲看。母亲拿了一袋，仔细端详着说："看把你激动的，你没忘记吧？你曾经还因为偷吃这东西而掉进谷柜里呢！"

是的，我怎么会忘记呢？

我出生于 1970 年，记得小时候，农村还实行集体劳动制，靠挣工分获取口粮。当时父亲还是生产队队长，出工能挣十工分，母亲虽然每天出工，但最多挣七工分。爷爷奶奶年纪大了，不能出工了。我和两个弟弟都年幼，所以我家劳力少，负担重，几乎年年缺粮。为了堵我们姐弟三人的馋嘴，母亲总要千方百计地从牙缝里省下点粮食，到腊月底给我们蒸点火糕吃。一家人围在火炉边烤火糕是我们小时候最快乐的事情了。

火糕的制作过程很简单。把米碾成粉，和上放有糖精的水（根本不敢奢望白糖水），放入一点橘子皮和芝麻，搅拌匀，再放到蒸笼里用旺火蒸熟。等冷却后切成片，然后支个破铁锅做的炭炉，罩个铁丝网，把糕片一片片地烘干。我们一家人围坐在火炉旁，户外寒风凛冽，户内温暖如春，闻着那扑鼻的香味，简直像是进了童话王国。我们姐弟也曾故意烤焦几片，抢着往嘴里送，也曾好几次烫伤了舌头。烤好后，母亲小心翼翼地把糕放在米缸里，封口用塑料纸包好，还在封口处做了标记，藏到我们找不到的地方。到过年了，就每天分几片给我们吃，父母亲是舍不得吃的。元宵节一过，就又封好，等农忙了，父母亲出工的时候才带几片到田头吃。

有一次，放学回家，我实在是太饿了，就到处找吃的东西，竟然在谷柜里发现了母亲藏糕的坛子。当时那谷柜比我还高，我实在够不着，就搬来椅子垫。结果一不小心，一跟斗翻进谷柜去了。火糕倒是吃了够，吃饱后竟然在柜子里睡着了。到晚饭时，父母亲满村找我，就差点用村里的广播找我了。现在这个笑话还经常被母亲提起。

后来，我们村实行土地承包责任制。那年腊月底，母亲破天荒地做了 25 千克火糕。正月里当点心放在桌子上，我们这才尽情吃个够。

再后来，尽管火糕越做越少了，却到第二年的过年都没吃完。偷火糕的故事再也不会重演了。正月里火糕已登不上大雅之堂。桌子上早已被花生、松子、山核桃等代替，水果也是一箱箱往家搬，这"土产品"也只能靠边站了。

现在听说火糕又火起来，一些糕点厂又开始生产了。原材料可不是大米，而换成粗粮了，制作成玉米糕、小米糕等。那些米糕采用独立的小包装，是真真正正的绿色健康食品。还有一些景点，比如我们浦江山区的新光村、上河村、前吴景区等，还有一些菜市场等都有摊户在现烤现卖，品种也更加丰富，竟然有柴籽火糕、桑葚火糕、番薯火糕等等。火糕又一次登上了大雅之堂，但它不再是饥饿年代的雪中送炭，而是富足年代的锦上添花。

　　此刻母亲吃着我买的玉米糕，一个劲地说："时代真是变了，我小时候想，只要我能天天吃上米饭，填饱肚子，我一生就别无他求了。现在什么都有，真是享福啊！"

青菜豆腐

冬天的青菜真是大自然给我们的最慷慨的恩赐，外面冰天雪地，就着热气腾腾的青菜豆腐汤，心上总是温暖的。

下霜了，下雪了，冰冻了，青菜最好吃的季节到了。

每年冬天，我们餐桌上的青菜豆腐总也百吃不厌。

在我们浦江乡村，过年时有这样一句俗语，"三十夜，年好过，青菜豆腐油拉拉（浦江话的谐音）"。

再过一个多月就要过年了。每年的除夕，青菜豆腐这道菜是必不可少的。只是近几年，青菜依然是自家菜地采摘的，豆腐不再是自己做的了。

小时候，我们家吃年夜饭之前都是要谢年的。所以除夕这天上午，都是要杀鸡宰鸭的。年猪是过年之前就已杀好的。大铁锅里放入一个大猪头，一块大三层肉、整只鸡、整只鸭等。我的任务是烧火，那天我一定会不断地添加大块大块的柴火，灶膛里熊熊的火焰辉映了整个灶台，更映红了我有点激动的脸庞。我一会儿坐着添把柴，一会儿站起来盯着灶台的大铁锅。等铁锅里冒出热气，飘出香气；等老父亲不时地揭开锅盖用筷子戳那猪头；等筷子完全能戳穿那猪头了，就可以熄火了，然后用火的余烬闷着。等到三四点钟，就开始谢年了。记忆中，谢年必须用整个猪头、整只鸡，还有一个年糕元宝，还有两碗年夜饭什么的。那两碗年夜饭倒是让人印象深刻，母亲先盛满两碗饭，然后用两个碗相对一扣，一碗高高耸立的圆滚滚的饭就成形了。最后这两碗饭要放置在灶台顶端，好像一直到过年结束才收掉。怎么谢年，我这里就不一一详细描述了。总之，父母亲叫我们磕头，我们就有模有样地磕。其实我们姐弟仨无非是想快点结束这烦琐的仪式，好早点吃上香喷喷的猪头肉。

猪头肉真的哪个部位都好吃啊！猪耳朵、猪舌是我的最爱，但父母亲基本舍不得给我们吃，说正月里来客人，要算一盘冷盘招牌菜，然后最好吃的就是核桃肉了。核桃肉属于正宗的瘦肉，几乎不带一点肥。我们姐弟三人围在灶台边，眼巴巴地看父亲小心翼翼地撕着核桃肉。突然之间，他会故意撕碎几小块，然后突然塞到我们嘴巴里。那肉可真是美味啊！嫩嫩的、滑滑的、香香的。印象中，贪吃的我好像还没咀嚼，肉就滑到肚子里了，只能等着父亲再次突然赏赐。那时候看《西游记》，总觉得猪八戒很贪吃，我们又何尝不是呢？煮熟的鸡和鸭会被切下头爪翅膀脖子等，装在盘子里，我们在除夕夜吃。父母亲很笃信，鸡爪是万不给我们碰的，担心我们写出来的字像鸡划地一样。然后开始烧菜，红鲤鱼肯定是有的，期盼年年有鱼（余）。

最后一道菜就是青菜豆腐，那不是烧一盘菜的分量，可是整整一锅啊！大锅里热腾腾的清汤，热气和香气弥漫着整个厨房。我又开始烧火。我们看不清母亲的脸，但我们一直都笃信，今天母亲的脸肯定是一年中最漂亮的，慈祥中带着一分庄严，一分慎重。只见母亲从挂着的竹篮里拿出一块块昨晚做的豆腐，豆腐摊在掌心，母亲用菜刀划成小块，刀起豆腐落，四五块大豆腐下去后，再撒入一大把盐，动作非常娴熟流畅。那一道道豆腐入锅的美丽的弧线都把我们看痴了，我们大气不敢出。升腾的热气，大锅里发出的汩汩声，灶膛里透出的橘黄色的火光，屋外的此起彼伏的鞭炮声，奏出人间最美妙的交响乐。等一块块豆腐吃饱喝足浓汤，在清汤里上下翻滚，母亲开始在砧板上切青菜，菜帮子和菜叶子是分开的。菜帮子先下，一两分钟后再下菜叶，等锅中间冒泡了之后，母亲用锅铲上下翻过一遍后，就起锅了。一人一瓷碗，加上爷爷奶奶的，一共七大碗，一大锅青菜豆腐汤刚好分完。冬天的青菜真是好吃啊，经过雪压冰冻，再经过清汤的滋润，吃在嘴里特别软，回味起来还有一股大自然的甜。白的豆腐，绿的青菜，泛着油光的浓汤，冒着热腾腾的香气。刚一上桌，我们就狼吞虎咽地吃光。然后用这碗舀上一大碗年饭，饭必须吃，但不能吃光，离桌前，我们还必须认真地说一声："我们吃饱了，这饭留给明年吃了。"刚说完，父亲突然从屁股下抽出一张草纸，边擦我们的嘴边念念有词："过年小孩子的嘴如屁股，说话不算数的。"大人无非是担心我们过年说些不吉利的话，影响一年的运气。

长大后才明白，这一大碗青菜豆腐让我们饭前吃，原来是大人们一大计谋啊！肚子已经被填了大半成饱，其他的美味佳肴也装不了多少了。在那缺衣少食的年代里，大人们想着法儿让我们少吃点精贵的肉。

一年又一年，到后来结婚生子，过年不再有大猪头，也鲜有青菜豆腐，总觉得这菜太普通，没资格登上年夜饭的大雅之堂。

今年正月初三回娘家拜年，依然有青菜豆腐这道压轴菜。老父亲不再用清汤炖，而是让豆腐先下锅，然后搁点肉油，放上盐，让豆腐翻滚，充分煮透，再放入青菜，装在大盆里，豆腐还是那么白，青菜还是那么绿。所有的上桌菜中，就这碗青菜豆腐，被吃得底朝天。父亲说，现在过年大鱼大肉可以放开吃，大家的肚子都太油了，青菜豆腐刚好解解油气，这碗菜倒成了最受欢迎的菜。还真是，山珍海味也比不上这碗青菜豆腐秀色可餐。

但每到冬天，青菜豆腐依然是我们吃得最多的一道家常菜。整个冬天，我们也不知道吃掉了多少青菜豆腐。在院子里，我自己种了一些青菜，公公和父亲不时地送一大袋来。我们好像也百吃不厌，几乎餐餐吃。有一次，家里请了几个朋友聚餐，最后上的一道菜还是青菜豆腐。那天我煮了一大块三层白切肉，然后用这高汤煮成青菜豆腐，刚一上桌，就被抢个精光。朋友们还连连说，以后我们来蹭饭，楼老师你啥都不用准备了，只要准备一壶热酒，一大盆青菜豆腐就行。

冬天的青菜真是大自然给我们的最慷慨的馈赠，外面冰天雪地，就着热气腾腾的青菜豆腐汤，心上总是温暖的。等哪一天，青菜抽芯了、开花了，春天也就来临了，青菜豆腐也不再有天寒地冻时的那份美味了。现在让我们再好好享受这寒冬腊月的青菜豆腐吧，迎接新年的一次又一次的来临。

云南的美食

我想我回去后最念念不忘的应该是云南的美食。

这几天的昆明，白天艳阳高照，到傍晚开始下雨。下了一夜的雨后，池塘中的青蛙叫得更欢了。然而第二天，又是蓝天白云，艳阳高照，空气更纯净了。

我坐在窗前，绿树浓荫，小区里桂花树盛开，整个昆明城都笼罩在浓郁的桂花香中。确实，七八月的昆明天气跟我们江南十月的天气很像，很适于桂花盛开。

我想我回去后最念念不忘的应该是云南的美食。

今天我来介绍一下云南的典型美食。云南米线当然是耳熟能详的，现在我想要说的是所谓的饵丝和饵块。

腾冲饭馆里有一道菜叫"大救驾"，其实就叫炒饵块，你到腾冲去是必定要点的美食，因为它有个美丽的传说，1644年，李自成农民军攻破北京，崇祯皇帝于煤山自缢，明亡。不久，清军进入中原，明朝宗室建立了南明朝廷以抵抗清军，在清军猛烈的攻势下，南明抵抗军不断南移，南明永历皇帝朱由榔在大将西宁王、晋王李定国的保护下一路向西南退守，意欲联合雄踞于东部沿海的延平王郑成功伺机光复大明江山。1639年，永历皇帝一行途经腾越州（就是现在的腾冲）时，当地老百姓为其献上腾冲美食炒饵块，永历皇帝吃后盛赞不已，连呼"真乃救了朕之大驾"。此后，腾冲炒饵块就被人们称为"大救驾"，至今已有300余年的历史，享誉海内外。饭店老板把菜端上来，站在一旁，娓娓向我们道来。我反正感觉不就是一盘大杂烩吗？宽面切成一小条一小条，并和鸡蛋、西红柿、肉丝、大白菜、辣椒、葱放在一起炒，算是既有主食又有菜，不过色香味俱全。

还有一种菜叫小锅汤饵块。一小条一小条的，比"大救驾"要细，是用米粉做的，有一点点像我们那边的年糕，但是这个相对滑一些，更劲道。这边人很会用红油，其实并不辣，但每次吃时，我都不敢喝那冒着一层红红的油汤。

这边的烤肉串才是我的最爱。隔一天，我就会去吃上5串。肉是比较精的五花肉，味道调得真是绝了，咸中带甜。你一定要等在现场，等嗞嗞地冒油，肉烤得有点微焦，然后你一定得要点这里特制的辣椒粉，蘸一下特制的粉，趁热放进嘴里，入口不仅有嚼劲、肉质很酥嫩，而且绝不会塞牙缝。傍晚的时候，大街小巷摆满了各种简易的烧烤摊，生意都还不错。到云南来，除了吃上市的菌菇外，我极力推荐一定要吃一下烧烤，反正他们什么都可以拿来烧烤。

来云南一定要吃地道的云南米线。弟弟这几年经常出差昆明，好像他对昆明的大街小巷都了如指掌。我第一次吃云南米线是跟弟弟一块吃的。我们七拐八拐，在一条小弄堂里找到一家米线店。真是酒香不怕巷子深，位置都被坐得满满的。普通米线8元一碗。等端上来，我猛吸一口，好香。可惜只顾吃，竟忘了拍照了。因为不会吃辣，我们吃的是清汤米线。绿的韭菜、白的米线上覆盖着一层厚厚的肉糜。我用筷子搅了一下，先低头喝了口汤，油而不腻，咸淡刚好。这是简单的早餐米线，如果到专门的云南米线馆去，光添的佐料就有十几种。

还有就是云南的菌菇。曾经跟弟弟去逛过昆明最大的菌菇市场，一到那里我是失声叫出来的。真是大开眼界了，反正也数不清楚，五颜六色，大大小小，长长短短，什么样的菌菇都有，感觉至少有上百种吧。我读过汪曾祺写的《昆明的雨》，里面也介绍了七八种常用菌菇，当时给学生看照片，学生也是惊讶地叫出声来。这么好看的菌菇，真放到你眼前，你敢吃吗？当读到课文中这么一句话"炒牛肝菌须多放蒜，否则容易使人晕倒"，我也觉得有些菌菇是有毒的，只是炒的时候有"克星"，中和掉了。菌菇之王鸡枞菌，我是认得牢牢的。汪曾祺也说，菌中之王是鸡枞，味道鲜浓，无可方比。鸡枞是名贵的山珍，但并不真的贵得惊人。但弟弟说，这菇很贵，有时候被炒到成百上千一斤，可能是此一时彼一时之故。而且它不易保存，最好当天从山上采后就马上吃掉。这里最传统的吃法是鸡枞菌炖土鸡，这绝对区别于东北的小鸡炖蘑菇。那天我们买了最新鲜的鸡枞菌，买了一只小土鸡。回家后，弟弟洗干净菌菇，然后放到鸡肚子里，只放一点清盐、一块生姜、一点料酒，加水漫过鸡，然后放在炖锅里小火慢炖。当菌菇吃饱喝足鸡汤，当小鸡全身吸足菌菇的鲜香，我们就可以享受美味了。我和弟弟相对小酌，听着清风吹过树梢，窗外的一株缅桂树开得正盛，白白的花，密密的叶子，一如桂花那样香，使我俩的心软软的，不是怀人，也没有思乡，一切是那么静谧美好。

我到现在还在想念云南的美食。

做馒头

　　我在案板上整整揉了 10 分钟左右，最后摸上去感觉像绸缎一样。

　　"咱晚饭吃什么啊？已经 4：30 了。"我问。
　　烧点清淡的，吃了两天的大鱼大肉。
　　我也是这样想的。
　　烧氽面馒头和青菜汤！前几天刚听一个北方的同事聊起北方馒头的做法，今天刚好实践一下。我居然有点激动。马上到小超市买了一包酵母，把酵母融化在 37 度左右的温水里，干面粉里舀了一勺白糖，开始和面。和面很成功，不仅做到了干湿刚好，还实现了三光（手光，盆光，面光）。然后烧了一锅热水，把盛面团的盆放在热水上密封发面。半小时左右，打开一看很是惊喜。面还温热的，体积膨胀至两倍大，而且全部是蜂窝状的。

　　我吁了一口气，这面肯定是发成功了，这可是最关键的一步啊！然后开始用力揉面，边揉边在面团的中心焆干面粉，再揉再焆。面在我手里就是一件艺术品，我得精雕细琢。我在案板上整整揉了 10 分钟左右，最后摸上去感觉像绸缎一样。开始加工馒头，先是揉搓，然后两只手在案板上像做瓷器一样定型；接着又第二次发酵。

在蒸的过程中，我一直守在锅边，但我依然有足够的自制力不去掀锅盖，担心功亏一篑。只是锅盖的透明处，我还是隐隐约约能够看到，馒头在膨胀。

掀开锅的瞬间，我近乎是屏住呼吸的。然后将热气腾腾的馒头端给已守在餐桌前的先生，他忍不住赞了一句："真好吃，跟我们平时吃的馒头很不一样，这个吃起来更有嚼劲，而且嚼到后面居然有股甜味，口留余香。而且佩服你居然在这么短时间里做成，不错！不错！"要知道老薛同志从来都是吝啬赞扬的，看来今天的馒头做得确实挺成功。

一直很喜欢做饭，看着一家人吃得津津有味，我就最幸福。我知道我是个小女子，没有很大的志向，只要每天的生活过出烟火气就行。同办公室的陈老师和童老师才是真正的做美食达人，所幸我有一颗谦逊的心，能经常向他们请教学习，而且可贵的是我还有实践的勇气。

美好的周末总是那么短暂，我把每个周末都过成了诗，过成了值得纪念和回味的时光。

麦饼情结

　　家乡的食物有一种发烫的力量，正是这种温度温暖了漂泊在外的游子，抚慰了异乡一路踉跄落魄的灵魂。

　　"哥，我下午来温州，你有什么想吃的吗？我给你带来。"我徘徊在农贸市场，打电话给堂兄。

　　"你什么也不要带，你就给我带 10 个麦饼来。"这还不容易？

　　回家，我直奔麦饼店，刚出门，又折回来去厨房，拿了一瓶山茶油，用自己家的油，放心。

　　小县城麦饼店很多，我们家小区边上就有一家，开店的是一对姐妹，生意一向很好。我到店的时候，是九点半，也许是放假的缘故，店里还有好多食客。

　　"给我烫 10 个麦饼，要萝卜馅的。"我私自认为，萝卜馅的是最健康的。它来自地底下的块茎，几乎没有受虫害。现在不是大冬天，青菜馅的肯定不行。接着，姐妹俩开始分工合作，姐姐负责案台的事务。只见她切下一块面团，揉搓了一下，然后在案台上撒了一点白面，把早已揉成小圆球的馅塞进面团，两只手完美配合，放在案板上一按。接着更是技术活，用手均匀地拍。力道不能太大，要极小心地拍成薄薄的圆圆的饼状。也许实在是熟能生巧之故，她很轻而易举地把饼摊在手掌上，迅捷地扔到红锅里。接下来的活就是妹妹的了。只见她从碗里舀了一小勺油，沿着锅壁均匀地渗透下去。锅里开始冒着热气，香味也扑鼻而来。只见她用手一掭，整个麦饼完好无损地翻了个身。不一会儿，麦饼肚子开始膨胀，中间鼓出一个很大的包，说明这个麦饼做得非常成功。"你来之前刚烫出去30个麦饼，说拿去给杭州姑姑家的，他姑姑特别想念家乡麦饼的味道。我跟我姐凌晨3点就起床了，忙乎着准备各种馅料。"她边留心着锅里，边和我聊天。

我拿回家，正碰到隔壁邻居，她笑话我，"花这么多钱，不会自己做，自己做的馅和上点油渣或五花肉，味道更好。""嫂子啊！您真是高看我了，我哪里会做哦！看来这烫麦饼的技术到我们这一代要失传了。""多做几次，你就会了，改天我手把手教你。"我也知道，隔壁嫂子的麦饼做得特别好。其实，我尝试着做过很多次，都以失败告终，这烫麦饼如果没有几把刷子，还真不行。第一次烫麦饼的情景还历历在目。

第一次烫麦饼，以失败告终。等我烫到第三个麦饼，才勉强可以称之为麦饼，前两个更加不成样子。本想拍个照片留念，却已迫不及待地吃到肚子里，自我感觉还非常好吃，严格意义上说，那根本不算是麦饼，美其名曰，只能算是菜饼。

想不到烫麦饼这么难。麦饼是我们家乡的传统美食，走过周边还真没有碰到过一模一样的麦饼，永康的方饼、缙云的烧饼、义乌的肉饼都各具特色，但绝对没有浦江麦饼这么有技术含量。像我们这一代人大都不会做，大街上有的是大大小小的麦饼店，买个吃吃非常方便。我母亲那一代，几乎每个家庭主妇都会做。老母亲也几次想手把手教我，我总嫌麻烦，而且还不屑一顾，这么简单的活还用学吗?

今天实践起来,想不到这么麻烦!

再看我烫的这第三个麦饼,从卖相上看,依然惨不忍睹。馅都张着口露在外面,外皮厚薄不均,不是圆形状,而是棱角分明。这与小时候的爱因斯坦做过的小板凳真的有异曲同工之妙,所以我依然可以理直气壮地说,这已经可以完全称为麦饼。

我会做手工面,会做馒头、包子,也能做大饼,就是没尝试过做麦饼。每次想动这个念头,老薛总说,太麻烦了,门口就有麦饼店,买个吃吃多省事,难道你有足够自信,可以比他们做得更好?当然,我实在没有足够的自信。现在想来,世间最可怕的事情,不是实践后的鼓励和打击,而是还没开始做,就扼杀于萌芽之中,这样就没有了失败和成功。

想烫麦饼也是突然间起意的。有一天中午回老家吃饭,返程时,婆婆硬是塞给我一捆苦麻,说这是苦麻头,今年最后一点了,但是很嫩。婆婆给的东西我一般不敢拒绝,我知道老人家将能够给我们东西视为最大的快乐。

回到家,趁新鲜,我在滚水里煮了,然后捞出来放冷水里,过滤掉苦味。拧干,放盘里,居然有一大盘。苦麻麦饼是我的大爱,今天趁老薛同志去杭州了,我何不尝试一下?念头一起,竟突然有点激动。我立即动手,和面。因为不确定,还是跟做面条一样,在和面的时候放了一点盐。吃过了猪肉,也见过了猪跑。吃麦饼的时候,眼见过,他们和的面都比较湿的,我也没有用手和,只是用筷子搅拌均匀。

4 点去菜场买了 2 元钱的豆腐。到家门口的时候,刚好隔壁两个邻居在聊天。我赶快取经。我问,做馅的时候,豆腐是否得像做饺子馅一样最好在锅里炒一下?"不行!这样就没黏性了。"

俩邻居几乎异口同声。"那我怎么放油呢？"我疑惑道。"最好用猪油，香，你在微波炉里加热融化下，放进去。"隔壁盛嫂说着。对门周姐又补充道："你苦麻要绞得很干，皮可以湿点，馅一定要干。苦麻馅你可以加点蒜，一定要剁碎，这样味道会很好。"我一一记下了。

　　馅我做得很仔细，蒜香油香交织着钻进我的鼻子。难怪有人说，行家和饺子馅的时候，光用鼻子闻，就能判定馅的味道，今天我还真信了。

　　我只在砧板上留了一点干面粉。结果做第一个麦饼的时候，做得非常狼狈。砧板上手上全都是湿面粉，而我手忙脚乱，馅根本塞不进去，最后只能胡乱放锅里像炒菜一样炒着吃了。此时，早已饥肠辘辘，炒熟出锅后，狼吞虎咽吃了，有一点可以肯定，我和的馅绝对味道杠杠的。

　　没有干面粉，我无论如何是干不下去了。没办法，只能拿了个空碗，敲开了邻居杨姐的门。杨姐二话没说，停下她烧了一半的菜，过来给我做示范。

　　所幸，我和的面和调的馅都过得去，就是手法太烂了。杨姐很耐心地做示范，尤其在细节上不断地叮嘱。而此刻，我是如此认真，默记下所有的步骤。然后跟着她学，杨姐的整个步骤如行云流水，像一首流淌的诗歌，婉转悠扬，抑扬顿挫。而我纯粹是一首弹得支离破碎的乐曲，断断续续，乞涩难听。

　　"熟能生巧，下次一定比这次做得好，很多窍门都是自己摸索出来的。"杨姐临走时还不忘给我打气，不过我自己也相信，下次我也肯定可以做得更好。很遗憾，一直没有下次。我也一直在为自己找理由，等有足够时间了，等我退休了。但此刻，我真的有个强烈的念头，一定要学会做麦饼。如果，远方的哥哥能够吃到我亲手做的麦饼，是不是会感动，更会赋予不同的意义呢？

温州哥哥把我接到家，迫不及待地翻出麦饼，放在不粘锅里烤了一个，他把两面烤得微黄甚至有点微焦，盛出，涂抹了一点辣酱淋了一点醋，就狼吞虎咽地吃了起来。"好吃啊！这才是地地道道的家乡味道啊！每次回浦江，第一件事就是直奔麦饼店，就着热腾腾的牛清汤。更是绝了！前几年，你小伯母还在的时候，我每次回温州，我妈妈总要烫几十个麦饼叫我带回温州，现在妈妈的麦饼我是吃不到了。"我没有接话，但能清楚地看见哥哥眼睛里的亮光。哥哥16岁离开老家赴温州医科大学求学，毕业留校，离家已40多年。再美味的温州海鲜也比不上老家的一个寻常的麦饼。

记得我招待旅杭作家王向阳老师时，问他："王老师，想吃什么？""麦饼！你给我找家地道的麦饼店。"他很干脆地说。

弟弟每次回老家，几乎都要吃麦饼。

连儿子回家，每次都要点麦饼。

游子心中，心心念念的浦江麦饼啊！

所有破损的伤口都会在食物的贴心调理下，不知不觉地愈合。家乡的食物有一种发烫的力量，正是这种温度温暖了漂泊在外的游子，抚慰了异乡一路踉跄落魄的灵魂。

别了，大姨家的老屋

此情可待能追忆吗？也只能追忆了，但愿记忆能永久点再永久点。

前几天看到表弟发的微信，说老房子终于推倒了，准备重新修建了，表弟还附了几张老屋推倒前和推倒后的照片。

周末，一个人去乡下住了一晚。我把那几张照片又翻来覆去看了好多遍。然后，放下手机，仰着头。此时，我一个人在乡间的露台上，正是农历四月十五，一轮明月悬挂在高空，周围没有一丝云彩，皎洁的月光铺在阳台上，远山是起伏的青黛色的剪影，夜色是如此静谧。我闭上眼睛，有山风吹过树梢的沙沙声，有夜虫呢喃，有青蛙正卖力地演奏。我睁开双眼，竟然有泪珠悄声滑落。

大姨家的老屋真的就这样被推倒了吗？我再也回不去了吗？但为什么一切的记忆在此刻又如此活生生地苏醒过来了呢？

母亲是老么，外婆生她的时候已经四十好几了。好像我刚有记事，外公外婆就去世了。大姨则充当了外婆的角色。每年的暑假，我们姐弟仨都会去大姨家住上一段时间。在我看来，大姨一直是个传奇人物，她生育了9个儿子，夭折了2个，没有女儿。

最小的儿子跟我同龄。听母亲说起，大姨生老幺的时候，姨父正在田里劳作，那时候小孩都是在家里生的，由接生婆接生。孩子呱呱落地之时，村里有人飞奔着去告诉姨父。"四哥，四哥！"那人气喘吁吁地说，"四嫂刚才生了，终于给你生了个宝贝千金。""真的吗？我有女儿了吗？别开玩笑啊！我想女儿想得发疯了。"姨父赶忙扔了锄头，拔腿就往家跑。

"你看，这小子虎头虎脑的，多像四哥啊！也没让四嫂折腾，就疼了这么一会儿，将来肯定很孝顺呢，也肯定很有出息。"没走到门口，就听见了接生婆的声音。"又是个带把的，我这辈子就没千金的命了。"姨父自言自语，才想起锄头没拿，又转身折回田里。

大姨、姨父没女儿，就特别宠爱我。大姨家因为在山坳里，果树特别多，门口种有葡萄树、无花果树，小山上有李子树、梨树、桃树。桃树、梨树、李子树都长得很高。姨父为了满足我们3只小馋猫，总是想尽办法从高高的果树上摘下果实。而门口的无花果树却长得茂盛而低矮，我们只要搬个小凳，全都能摘到。记忆中，无花果是非常不值钱的。它非常容易种植，门前、屋后、庭院中，都是极好的种植之所。而且，它叶片硕大，果实累累，有很高的观赏价值。

几乎每个暑假，我们都要到大姨家住上个把月，现在想来，童年的记忆依旧跟夏天的无花果树一样愈加郁郁葱葱。

大姨家所在的村庄很小，才几十户人家。所以，全村人都认识我，我也成了全村人的贵宾，家里有什么好吃的，总要叫我去尝鲜。全村人好像都纵容着我的任性，还到大姨家说，你家外甥女真的很乖，城里人嘛，到乡下来，稀罕着呢！

我在大姨家很随便，因为大姨姨父生的都是儿子，我就成了他们的公主。刚炒出来的菜，我爬上凳子，用手抓着吃，也不会被责怪，只叫我先洗手。看见树上挂着梨，我摘不到，姨父就会遣表哥们想尽办法给我摘到树梢的梨。想吃冰棍了，村里没有，要到两里之外的付店村去买，表哥们就争着跑去给我买来。

印象最深的是，大姨家的门口种了几株非常茂盛的无花果。暑假的时候，无花果真的密密麻麻挂满枝头。没成熟时，硬邦邦的，我就去摘下来，当子弹。那无花果由青变紫，由紧绷着再到张开嘴巴，说明无花果成熟了，果实密密匝匝的，一个挨着一个。也许童年都是重口味的，我们就是不喜欢无花果，觉得吃起来太没甜味，远不如其他水果。我们摘下来，吃一口，觉得不甜，再摘，再扔，大姨从来不会怪罪我们，只是一遍又一遍叮嘱，摘的时候小心点，可别摔了。村民也很奇怪，出去干农活时，会偶尔摘个梨啊桃什么的，无花果也少有人问津。除了鸟经常光顾之外，更多的无花果自生自灭，成了最好的有机肥，来年结的果实更多。

现在，我嗜无花果如命，那时怎么会觉得不好吃呢？

现在，我依然如此怀念大姨烧的手工切面。因为人多，面条都在大锅里烧。我特别喜欢烧火，而且把火烧得特别旺，大姨每次都表扬我。每次烧面条，家里肯定有油渣。先把油渣铺在碗底，然后用刚滚的面条水一浇。油渣就亮亮地浮起来，一时油香四溢。然后捞起几筷子面，放碗里，我吃的时候用筷子醒一下。真是好吃啊！我总是狼吞虎咽地吃完一碗，再去盛第二碗，肚子撑得像冬瓜一样，而大姨总是站在一旁，笑眯眯地看着我吃完，还拍拍我的小肚子，说："吃饱了吧！"

晚饭后，我会和表哥们在走廊上玩各种游戏，孩子们的笑声吵闹声簇拥着老房子。大人们则在明堂里乘凉，看着我们闹，他们的脸上始终挂着笑容。

如今，大姨和姨夫早已作古，他们也都活过了 80 岁。老屋也经过日晒雨淋，正处于风雨飘摇中。

拆了，只能推倒重新造了。不久的将来，将矗立起一幢钢筋水泥造的房子。几株无花果树早已被砍去。

此情可待能追忆吗？也只能追忆了，但愿记忆能永久点再永久点。

别了，大姨家的老屋！

贵州行　饮食篇

　　看遍各地的美景，了解各处的风土人情，最后留下顽固记忆的依然是吃。

　　每次去旅游，吃遍当地地方特色美食，永远是旅途中最快乐的事。

　　在贵阳，我们找到当地的一条美食街。对了，这条美食街，是一位热心的贵阳阿姨推荐的，当时她正在大街上遛她心爱的贵宾犬，她很健谈，说他们土生土长的贵阳人也都喜欢往这儿跑。美食街上挂满了红旗，这些飘扬的小红旗，今年特意为建党100周年拉上的。这条美食红旗街也成了老贵阳人的网红地。哦！贵阳人还是挺热心的嘛！

　　我找了个排队最长的小吃店，我坚信排队最多的地方，吃食肯定是最好的。其实，我排的不过是一家特色甜品店。排了15分钟，才在这家滋味甜品店买到一碗水果冰粉，水果真多啊！我数了下，有西瓜、香蕉、哈密瓜、葡萄、菠萝、火龙果、蓝莓等新鲜水果，还有芋圆、小汤圆、椰果、红豆、花生碎等，一大碗才12元，迫不及待地吃完，竟忘了拍照。

　　队友们正在吃凯里酸汤鱼（来过贵阳的朋友极力推荐的），

我只能眼睁睁看着他们吃。唉！肚子实在装不下了。他们建议我去这条美食街逛一遍，消化点再来吃。

甜品店依然排着长队，此时（7：50）的贵阳像我们那边的傍晚，夕阳刚落下，亮如白昼，因为太热闹，虽然凉风习习，因为路边到处是烧烤摊，并没有我渴望的凉爽。

我也该回去尝尝正宗的酸汤鱼火锅了，否则也太对不起肚子里的馋虫了。

这边最典型的火锅是酸汤鱼火锅，鱼或整条，或鱼块，以草鱼青鱼为主，用红油，必定有西红柿、豆芽等配料。汤是亮点，酸酸鲜鲜的，非常下饭。还有这边的腊味很好吃，腊肉腊肠我都喜欢，可以干吃，放在火锅里，也很有味道。曾经吃过一个豆米火锅，锅底是芸豆，我们一致认为应该是四季豆的豆，煮得很烂，吃起来倒是粉粉的、糯糯的。吃火锅时，你只要点荤菜就行，素菜，比如小青菜、苋菜、南瓜藤、红薯藤、马兰头、南瓜花、土豆、海带、凉皮、木耳、豆腐等，随你可以各取所需，不单独算钱。5 个人吃了 200 多元，吃得很是尽兴。也许离云南近，菌菇土鸡猪肚火锅也很有特色，汤汁白得像牛奶，味道很鲜。在贵州到处都是吃火锅的店，在烈日炎炎的夏季，也是一道独特的风景线。

在贵阳那晚，吃完后逛古城的三江口公园（类似于我们金狮湖）。土生土长的贵州人，给我的印象大都是个矮皮肤黑，男人基本一米六五左右，女人一米五左右吧！因为我这一米五几的小矮人站到她们中间都有点鹤立鸡群的味道。也许还是一方水土养一方人吧！逛着逛着，又看到美食了。在桥头摆了个凉粉摊，类似于我们的木莲豆腐。但它更厚，爽滑块状的。凉粉桶里养着一块巨冰，摊主先在一次性塑料碗里倒入一些红糖水，然后用勺子舀入凉粉，再在凉粉里舀入一汤匙白糖黑白芝麻和花生碎配成的佐料，最后注入一点醋，5块钱一碗。味道酸酸的甜甜的，入口即化，芝麻花生碎一嚼，又满齿留香。如果你到贵州来，我极力推荐你喝一碗。

其实来贵州的旅途中，最念念不忘的一餐美食是我们坐在浏阳河边"湘里人家"吃的一顿晚饭，据说这是小城最有湘味特色的饭店。其实这家饭店是偶然找到的，因为午饭吃得迟，就先沿着浏阳河闲逛，小城很干净整洁，凉风习习，好像我们那边中秋时分的天气。8：00左右，夜幕刚刚降临，走在浏阳河边，灯光璀璨，光影闪烁，好像洒下一河的烟花。浏阳河上桥很多，走一段就有一座桥，桥边很多夜钓的人，我特意停下来看了一下他们的收获，钓上来的鱼很小，只有指头那么粗。也许，他们钓的不是鱼，而是情怀。确实，凉风拂面，月影朦胧，霓虹闪烁，亦真亦幻，自己也俨然成了一道最美的风景，然后"湘里人家"就跃入了眼帘。我们也真真正正领教湖南的"辣不怕"（或是不怕辣）。烧菜的时候，我们一再强调辣椒少放点，微辣就行。但是，端上来，个个吐舌头；但是，就着啤酒，吃上第二口，第三口，居然感觉不到辣味了。到后来，我们每个人每夹一筷菜，几乎都会异口同声喊一声"好吃！""爽！"原来，味觉也会入乡随俗的。最后离席的时候，我们的每一盘都剩下了近乎三分之一的菜，而这三分之一在我看来都是辣椒、生姜、大蒜、葱等佐料。我问服务员："你们吃这些吗？"服务员已经连连在喊可惜了，他们当地人认为这些大料才是精华，才是最下饭的东西。

自驾游贵州12天，一路的欢声笑语。看遍各地的美景，了解各处的风土人情，最后留下顽固记忆的依然是吃。

童年时，我们姐弟拟写春联

好怀念"初生牛犊不怕虎"的时代啊！

年的脚步一天天地近了，大街上随处可见摆着写春联的场子，超市也可以买到各种现成的春联。我不由得想起小时候，过年前我们姐弟一起凑在煤油灯下拟写春联的情景。

这可是我们家过年前最盛大的事。

一到寒假，我们姐弟就会商量着今年要写什么内容的春联。每年的春联绝不会雷同，也不会从《春联集锦》上随便挑几句。记得我们第一年写的是，"好好学习""天天向上"，横批是"春节快乐"，那一年我 8 岁，大弟弟 7 岁，才刚识字。有一年小弟弟刚会背"少壮不努力，老大徒伤悲"，他就央求姐姐哥哥，我们也一致赞同。我小学毕业那年，买了一本《唐诗三百首》，特别喜欢李白的诗。就定门联是"长风破浪会有时，直挂云帆济沧海"，横批是"乘风破浪"。贴出来时，过路人"啧啧"赞叹，这家人肯定有学问，可惜字写得稚嫩了点。我在家里听到，很是沾沾自喜。第二年，大弟弟为了超越我，也用了李白的诗。横批是"鹏程万里"，对联是"俱怀逸兴壮思飞，欲上青天揽明月"。正月里，亲戚们来拜年，都会聚在门口评议赞叹一番，弟弟很是得意了一阵子。其实印象最深的还是"书山有路勤为径，学海无涯苦作舟"这副对联。爷爷奶奶是同一年去世的，内容就是父亲指定的，记忆中，一年是写在黄纸上，一年是写在绿纸上的。

年二十八晚，父亲会把红纸裁剪好，横批、方斗、对联、灶君等都有各自的尺寸，并且一再叮咛，写的时候一定要仔细了再仔细。那个时候，学校都有毛笔书写课，笔墨都是现成的。不像现在，我们可能连墨汁和毛笔都拿不出来。毛笔字得正儿八经地去书法培训部辅导了。其实为了这几个字，我们姐弟都拧着一股劲，有空时都会在用过的作业本上一遍又一遍地练。横批大字一般由姐弟仨轮流写，另外的就分工。所以，有时候上下联会有不一样的字体。后门门框上灶台上楼上的字，欣赏的人虽少，我们也会认认真真地写，绝不会有错字或涂改。是的，在我们年少的情怀里，写对联是一件多么庄重严肃的事，担心玷污了神灵。遗憾的是，长大后，我们居然都不敢写了，自己写嫌麻烦，也确实拿不出手，内容也更加世俗了。好怀念"初生牛犊不怕虎"的时代啊！

至今，我们依然很感谢父母，即使我们写的字再稚嫩，他们依然会大大方方地贴出去，还会逢人都炫耀说："这些都是孩子们写的。"

过年，给老人烧饭

太阳很暖，我们心上也很温暖。

从正月初一到初十，我过年最主要的节目是给老人烧饭。

父母亲、公公、婆婆都已到耄耋之年，所幸生活还能够自理，平时会去吃老年食堂，或者自己偶尔随便烧点。老人在自己的房子里住惯了，不习惯住到儿女家，这个寒假我比较空，决定多陪陪老人，还尽量给他们做点美食。

正月初一，我也没有睡懒觉，虽然超市现成的都有买，但汤圆的话基本是甜的。我决定自己做手工汤圆，馅做成咸的，用豆腐和肉。父母家同在县城，送去很方便，早饭就可以煮起来吃。公公婆婆住在乡下，可以把食物先放冰箱，晚饭煮起来吃。墙角还立着几个老南瓜，我就做成南瓜馒头，一边一袋，四老可以吃好几顿早餐了。前天去乡间山野逛了逛，采来好多荠菜，当晚包了饺子。那天去老家，公公说，家里还剩点荞麦粉，晚餐就做荞麦馃吧。我们在太阳下支了根板凳，一家人围在一起包荞麦馃。老人聊些家长里短，说些山村的奇闻趣事，我们静静地听，偶尔随声附和一下，太阳很暖，我们心里也很温暖。

我们还提早跟表哥表弟们约好，叫他们一起过来给长辈拜年。我们都会提早去准备，张罗着烧一桌年轻人喜欢吃的菜。外甥们侄儿们和老人一起坐在院子里，晒着太阳，嗑着瓜子，闲聊。老人脸上的笑意如春风拂过盛开的花儿一样。

今天晚餐我做了肉包子，放在保温瓶里送过去。母亲吃着热腾腾刚出笼的包子说："快上班了吧，你也要忙了。过去过年，最盼望过年的是孩子，盼的是吃喝玩乐；现在过年，最盼过年的是我们老人，盼的是热热闹闹、团团圆圆。你们几个孩子要整齐地聚在一起，又要等明年了，所幸你在我们身边。这个年，你烧了这么多好吃的，我和你爸真享福了。你不想烧饭时，打电话给我们，爸妈烧给你们吃。"

其实算起来，这个春节我也只是烧了屈指可数的几顿饭，但却给了老人很强的幸福感，我觉得很值。

岁月缝花

春天的味道

挖野菜的过程不仅可以让我们感受到大自然的美好，还可以让我们学会珍惜感恩。

"久在樊笼里，复得返自然"，连续的阴雨终于盼来了周末的放晴。一早，约上几个朋友驱车来到山野挖野菜。

清晨、薄雾、晨曦糅合在乡村湿润清新的雾气里。春天的田野，雨后初晴，万物复苏，野菜们也纷纷探出嫩芽，迎接新生的季节。在这个时候，走进大自然，挖取一份天然的美味，不仅是一种乐趣，更是一种养生之道。

我们找到的这块田野，荠菜不是很多，但是一丛丛的野苦麻菜和野胡葱到处都是。野菜很有趣，一般都是扎堆的。野苦麻不像荠菜要用小刀探到根部，要小心翼翼地整株挑起来，而苦麻菜的植株很大，你可以用手直接掐或用小刀割那嫩嫩的尖。过几天，暖阳一晒，春雨一润，又舒展出了枝丫，所以可以源源不断地采，甚至可以采到夏季。野胡葱就更加容易挖了，它是丛生的，就像挖土豆番薯一样，挖开泥土，一大束胡葱可以连根拔起。胡葱有非常浓郁的香味，即使你的手在小溪里洗过无数遍，还是有一股葱香。沿着小河的岸边，长满了一丛丛的野葱。刚下过雨，土地很是湿润松软。我探到根部，揪住一丛，连根拔起。胡葱长着一个个白白的圆圆的葱头，葱头处还有长长的根须，还有长长的一截葱白、绿油油的葱叶。拿回家，我仔细清理了一下，切碎，和进蛋液里，红锅热油，成形翻面。

胡葱炒鸡蛋，这可实在是我们小时候的美味啊！

小时候，父亲承包过孵坊，清明前后，已经开始孵小鸡了。不是所有的鸡蛋都能孵出小鸡来的，反正很复杂，以后会专门写一篇文章。反正是这样，鸡蛋孵了几日，孵坊师傅拿洞里一照，就断定不可能成为鸡了，就挑出来。父亲就会去买几斤了，印象中这种蛋，父亲叫它"浑蛋"，就是敲开时，蛋黄和蛋清已经混合在一起了，有时还能见到几丝血迹。其实，还有一种孵的日子更长，但鸡就在蛋里面夭折，甚至已经长出鸡毛了，就是所谓的活喜蛋，我们浦江话叫"盘头蛋"，听说很补的，还可以治头痛，但吃起来确实有点疑心。还是回到"浑蛋"吧！那个时候父母亲好像有干不完的农活，但每次回家，母亲都会在田间地头揪一大把胡葱回家。我们放学回家，老远就能闻到从厨房里飘出来的胡葱炒蛋的香味。我们姐弟仨都会站在灶台边，央求母亲先夹点给我们吃。回家把胡葱切成碎，直接放到鸡蛋液中搅拌均匀，红锅热油煎，野野的香味随着热气升腾，足以勾起你的味蕾，今天我用的可是新鲜土鸡蛋，但还是觉得没小时候的那种味道。也许变的不是味道，而是我的心境。

采来的苦麻菜，用水焯一下，焯水的时候在水里放点盐或小苏打，捞出来就会绿绿的，先放在清水里浸泡着，养出苦味，拌上豆腐，拍点蒜泥，和点香油，包个馄饨，做个麦饼，甚至凉拌，都非常好吃。这绝对是乡间美味，是大自然给我们的无私馈赠，更是春天的味道。

挖野菜的过程不仅可以让我们感受到大自然的美好，还可以让我们学会珍惜感恩。用心感受生活的美好，找到内心深处的宁静平和。

清明节，挖笋去

冬去春来，岁月于无声中轻轻流淌，绿色的生命绽放在春天里，在这美好的四月里，让我们尽情品尝这来自山间的竹笋野味，人间有味是清欢。

"清明时节雨纷纷"，三天的假期，两头雨，中间这天刚好阴天，正是挖笋的最好时机。

我和先生来到山里老家。山里的后山上都是茂密的竹林。先生肩扛锄头，我则拿了一个编织袋走在山路上。

春雨洗涤春色，映入眼帘的都是汹涌的绿色，浓云薄雾萦绕山间，湿润的空气里弥漫着淡淡的泥草味。"久在樊笼里，复得返自然"，清明节，万物葱茏，百草丰茂，我像脱笼之鸟奔向了碧草蓝天，尽情地呼吸着大自然的新鲜空气。

不一会儿，就到了竹林边。先生在边上观察了一会，说："据我的经验，竹子头长得郁郁葱葱的竹林有生命力些，竹笋也肯定多一些。走，我们到那头去。"然后，我们就钻进了竹林。先生也确实有火眼金睛，一下子看到了好几块刚冒出头的笋。他用锄头刨开周围的泥土，然后一挥锄头，用力斩断竹笋的根部，递给我。我仔细端详，整块笋还穿着泥土的外衣，只有顶部顶着黄黄的几片嫩叶，如翠羽，如一朵含苞待放的花朵，还散发着刚破土而出的芳香。于是，我开始蹲下身来仔细寻找。在泥土有点松软、有点隆起的地方，我终于找到了笋。这笋刚拱出地面，羞涩地探出几片毛茸茸的黄叶。它就像是大地孕育出的婴儿，刚睁开眼睛，背负着过去的沉淀和未来期许，向未知的世界宣告：生机勃勃的春天终于来了。雨后春笋节节高，说不定明天这块笋就长成了一棵小竹子。难怪杜甫说一夜之间，"无数春笋满林生，柴门密掩断行人"。

我剥去春笋的外衣，一股清香味扑鼻而来，这纯粹是山珍，是大自然的味道。我在清水里加了点盐，然后把笋放进去焯水。捞出，切成方块，与咸肉一起煮，别提多美味了。切成小片，与咸菜一起炒，又是别有一种风味。苏轼说，"宁可食无肉，不可居无竹"，也许不单单因为竹子的高洁，更重要的是，每次春天的雨后，可以近水楼台，尽情地挖笋，享受大自然无私的馈赠。

冬去春来，岁月于无声中轻轻流淌，绿色的生命绽放在春天里，在这美好的四月里，就让我们尽情品尝这来自山间的竹笋野味吧，人间有味是清欢。

后记

　　我出生在一个很普通的农民家庭，父亲只读到小学三年级，母亲一个字也不认识。我从小听得最多一句话是："你们三个人一定要好好读书，我们吃尽了不识字的苦，不管怎么辛苦，只要你们能考上大学，我和你妈砸锅卖铁也要供养你们读书。"所幸，我们姐弟仨还算努力，20世纪80年代末90年代初，正是高考最难考的时期，我们姐弟仨相继都考上大学，这在我们村是唯一的一户，当时可是引起过不小的轰动。

　　我从小受父亲的影响很大，书中有很多的篇幅写了父亲。父亲当时在村里算是个能人，当过生产队长，承包过孵坊，开过加工厂，更走南闯北地做过卖小鸡小鸭的生意。他说除了没到过新疆和西藏，祖国大地上都留下过他的脚印。父亲见多识广，乐观开明，又很能吃苦耐劳，在他的潜移默化下，我的性格也很活泼开朗。再加上整个家族男孩多女孩少，我从小在男孩堆里混，性格很像男孩子，从不在小事上斤斤计较。写出来的字也很大气，字大还狂野，都说字如其人，都说我的字不像是女子写的。但很遗憾的是，我理科学得不好，尤其是数学和物理，却特别喜欢看文章，经常天马行空、胡思乱想。有时又觉得自己很不合群，很喜欢独来独往，喜欢做一些异想天开的事。我就是这样的一个矛盾统一体。但在大学填报志愿时，我还是毫不犹豫地填报了中文专业。读大学期间，专业课上没有认认真真地学，大多时间用在看闲书上面。《平凡的世界》是我最喜欢看的书，我硬是泡在图书馆仔仔细细地看了两遍。还有图书馆的两书架传记，我可是一本本看完的。我还喜欢看金庸的和琼瑶的小说，反正以前借不到的书、读书时老师不让看的，我都放肆地看了个够。我还看了大量的"伤痕文学""知青文学""改革文学"，也看过三毛、席慕蓉的所有作品。很遗憾，我没有古典文学功底，写的文章都比较浅显朴实。为了弥补这一缺憾，我尽量在细节上、情感上下功夫。工作后，我看了大量的名家散文，最喜欢汪曾祺的、毕淑敏的、池莉的。迟子建、苏岑等的文章，我也看了很多。大学时，我在校报上发了一些文章；工作后，我尝试着向报纸杂志投稿，欣喜的是经常有文章发表。

2018年2月，我出版了近28万字的散文集《幸福路上》，出书永远是遗憾的艺术。对于很多的遗憾，我尽量会在这本书中弥补。本书取名为《岁月缝花》，"岁月缝花"的意思是珍惜已逝的岁月，把它们当作一朵花来编织，既留住美好的回忆，也让以后的生活更加美好，这就是我的初衷。本书共分7个章节，分别是"杏坛拾录""且念亲恩""静思流年""万物入心""且行且走""岁月芳华""人间知味"，共73篇随笔散文，绝大多数文章在杂志上发表过。

书中题材都源于我在工作生活中的点点滴滴，文字朴素细腻，情真意切。在娓娓叙述中，把读者带入一个奇妙的世界，平平淡淡，真真切切，亲情友情爱情师生情，浓浓地溢出来，非常接地气。文章看似琐碎，却让人在回味中得到更多的生活真谛，对生活的感恩。我努力用无声的文字将温暖传递给他人，用细腻的笔法描绘出生活最原始的模样。

1992年，我从浙江师范大学毕业，到今年已经站了30多年的讲台，工作上兢兢业业，获得过很多的荣誉。我知道教书是我一辈子的事业，写作一直是我年少时的梦想，所幸我坚持下来了，并努力使梦想成为现实。

在此，我要感谢我的大学老师郭梅教授在百忙中给我写了序言；感谢我的学生吴萍萍老师在百忙中给我编排目录，给我一遍一遍地校对文字；我还要感谢所有看过这本书的读者，希望你们能提出建议和不足，我一定虚心接受。

楼利香

2024年2月18日